U0051295

ao愛呦文創

人生何處無鯤鵬 -2-

目　錄
CONTENT

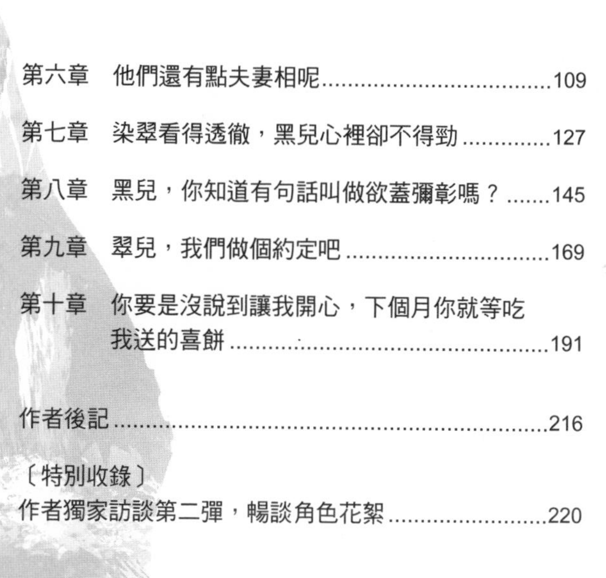

第一章 我倒覺得你平日裡的模樣就挺好

黑兒不自覺屏住呼吸，
就怕用力些會把眼前的人給吹散了。
他覺得自己似乎有些看得入迷了，
彷彿這麼多年以來，他都沒仔細去看染翠到底美不美……
黑兒猛地別過頭。
大事不妙！

盧滙縣的鯤鵬分社意外並非開設在縣城裡最繁華的街區上，反倒是遠離了喧鬧市集的僻靜街道一隅，左右都是水道，遍植垂柳，氣氛幽靜，帶著水氣與熱氣的風從柳條間穿行而過，沙沙作響增添了幾許清涼。

這片街區被稱為綠柳巷，聚集的多半是琉璃廠這樣的精工作坊，同時有南方最大的古畫、骨董、古籍市集，走在以青石板鋪就的街道上，空氣裡彷彿都是書畫的氣味，特別受南方士子的青睞追捧，儼然是個人文薈萃的好所在。

盧滙縣分社用以打掩護的自然也是個精工作坊，販賣的是些海外來的琉璃飾品，或一些新奇的機關小玩意兒，招牌上寫著「奇巧閣」，店門外的裝飾並不張揚，甚至極為樸拙，可細看之下又處處巧思，讓人心生好奇，不由自主就往店內走去。

可以說，鯤鵬社能有如今的規模，不單單是因為背後有闞成毅這棵大樹，還因為染翠頗有些商業頭腦。他也許並不是個面面俱到的奇才，卻很有識人之明，又因為從小生長在市井當中，對於鑽營之道也略懂略懂，心知與其從會員身上薅羊毛，壞了原本與會員之間的情誼，還不如搞些能生錢的副業來錢快。

因此，每個鯤鵬分社打掩護的店門舖子，都被分社掌櫃經營得風生水起，不但確實有了遮掩的效果，還讓鯤鵬社賺得盆滿缽滿，要說分社創立的速度如雨後春筍一般都不為過。

染翠與黑兒一行人約莫在申時二刻到達，一身大紅衣衫宛若天邊紅霞的李掌櫃早已經帶著人等在後門外了。

兩輛車剛停下，李掌櫃便指揮著僕役麻利地上前幫著阿蒙與于恩華卸行囊，她本人則走到染翠坐的那架車外撩起車簾，一張明媚已極的笑顏對著被暑氣折磨得奄奄一息的染翠招呼：「大掌櫃的，您累了吧？屋子我都整理好啦，還替您燒了一盆水，等會兒進屋就能梳洗休息啦！」

與染翠說完話，李掌櫃又看向黑兒，目光裡迅速閃過一抹評估，但很快恢復熱情，也道：「您就是黑兒大人啦？大掌櫃已經交代過了，有什麼需要請儘量同我說，定能替您辦妥的。」

「多謝李掌櫃。」黑兒連忙拱手道謝。

「客氣了。」李掌櫃抿唇一笑，轉頭繼續對染翠道：「大掌櫃您與韓公子約什麼時候見面啊？晚上替不替您辦洗塵宴？」

「沒特別約什麼時候見。」染翠整個人精氣神都不足，他昨晚因為噩夢半夜醒了，又因為沒人替自己打扇加上心裡有事，壓根沒能睡好，這會兒眸光惺忪，大有想放肆睡一場的意思。

「明白啦！今晚就先在這兒吃，明兒再去訪友。您瞧如何啊？」李掌櫃是個爽利人，與染翠又是多年熟識知根知柢的，該如何安排心裡早有了章程，這會兒也不過是知會一聲罷了。

「成。」染翠自然沒有意見，他本也不認為今日剛結束一趟耗時日久的旅程後，自己還能頂得上什麼事。訪友什麼的那真是想都別想，更不希望自己一身風塵僕僕，還頂著兩片眼下青黑去見韓子清，多丟分啊！

「那我就讓廚娘多做些咱們當地的特色小菜，您今兒想吃鹹口還甜口啊？」李掌櫃問。

「甜口吧。」染翠舔舔唇，盧滙縣的吃食精緻，口味清爽甘醇，特別是夏季擅用蓮花、蓮葉、芡實等等水生植物入菜，挺合染翠的意。

「甜口啊——」

李掌櫃微微拖了下尾音，迅速瞥了早已下車站在一旁準備扶大掌櫃的高壯男子。

「知道了，我這就交代下去。讓廚娘替您熬一鍋蓮葉粥，今年的水君子也可以開封了，我替您備了五罈呢，喝不喝？」

「喝。」染翠雙眸頓時一亮。

「就知道您饞酒了。」李掌櫃掩唇一笑，既然這邊有黑兒看照著，她身上又有許多要務得忙，這才幾句話的工夫，數個捧著卷宗的管事已經在一旁探頭探腦，臉上都是焦急了。

「大掌櫃您就好好歇息一會兒，我先去忙啦！」

「去吧去吧。」染翠自然也看到急得快跺腳的管事，盧滙縣分社事務多龐雜他門清，便也沒繼續耽誤李掌櫃忙碌了。

「沒想到，盧滙縣分社會是個姑娘掌事。」

李掌櫃一團紅衣如火，動作迅敏地消失在兩人眼前，卻仍在眼尾殘留了一抹豔色，黑兒這才說出心裡的驚訝。

他在馬面城駐紮久了，本就看習慣了女人當家，可那畢竟是邊陲之地，到底與其他縣城不同，更別說鯤鵬社還是個南風交友結社，也不知社員見著李掌櫃時，會不會一瞬間退縮呢？

倒不是黑兒懷疑李掌櫃的能力，能被染翠委以重任的人肯定都是手腕不凡者，適才幾句話來回，更顯現出李掌櫃的俐落與細緻，莫怪乎能管理好這樣大的一個分社。

就是，李掌櫃長得太明豔，衣著打扮也張揚肆意，別說偷摸著想交飛鴿之友的男子心裡彆扭發怵，就是尋常男子在李掌櫃面前恐怕也會自慚形穢。

聞言，染翠挑眉瞥了黑兒一眼，把手放進男人寬大的手掌中，被扶著下了車後，反手與之十指交握。

黑兒一愣，下意識想抽回手，可指尖才動，染翠那頭就開口道：「盧滙縣分社有兩個掌櫃，你適才見著的是小李，還有個大李。」

一句話，輕易吸引了黑兒的注意力，錯失了甩手的最好時機後，便只得任由染翠握著自己的手往屋裡頭走。

小狐狸輕輕笑彎了一雙眼，得寸進尺地拉了黑兒空著的手臂往自己腰上繞。他坐車坐得疲乏，要不是顧慮著大掌櫃的臉面，恨不得讓男人背自己進屋子。

他可是費盡了全身的力氣才忍住連連哈欠呢！

黑兒手臂先是一僵，雖然想抽回手，可染翠早就心安理得把重量倚靠上來，吃定了他心軟不會縮手害自己出醜，畢竟這條手臂但凡移開些許，咱染翠大掌櫃保不定得摔個大屁股，痛是一回事，老臉可都丟光了。

無論痛還丟臉，黑兒都不忍心，也只得認命半摟著染翠，在他的帶領下往下榻的院落走去。

打一棒子便給一個甜棗這手段，染翠大掌櫃可說是使得爐火純青，左右走到院落還要一會兒，他便繼續替黑兒解答：「盧滙縣是我頭一批開立的分社，那時候闞成毅要我訓練幾個能用的人，否則不答應借我錢開立分社。我那時候年輕氣盛，想著既然要訓練那就一口氣多訓練幾個，定不能讓人小瞧了自己，更別說當時候闞成毅那老賊拐了義父走，我心裡憋了口氣呢。」

這都是八九年前的事情了，當時染翠精挑細選了十個人，其中之一就是適才一身紅衣的李掌櫃的親哥哥，也就是大李掌櫃。

大李掌櫃是個老實人，不算聰明也不算駑鈍，在學堂裡讀了幾年書，讓他科考是不可能的，首先家裡沒錢供應，再者他有個優點就是有自知之明，深知自己資質平庸，也沒什麼太遠大的想法。當初會進學堂讀書，不過是想學寫字算數後，將來能多賺些嚼穀。

那時候的小李掌櫃還是個十歲的小姑娘，跟在哥哥後頭像是條小尾巴，小小年紀就展現了過人的聰慧和精明，往往大李還在苦苦學習，小李已經融會貫通還能舉一反三了。

染翠發現這等好苗子哪可能放手？大李老實肯幹，但至多當著管事，真讓他管理一處分社那是萬萬不可能，別說闞成毅那關過不去，染翠這關他都難以應付。

末了，索性把大小李綑成一塊兒，小李幹練，然而其身為女子總是多有不方便，需要有個人守著她安全，最好的人選就是大李了。

是以闞成殺當年瞧見這一大一小兩兄妹參加考核時，也對染翠的肆意率性大開眼界。

事實證明，染翠的眼光確實好又足夠膽大，盧滙縣分社在大小李掌櫃的配合下一飛衝天，眼下是京城總社之外最活絡的一處。

「你倒是敢用人。」黑兒聽罷不禁感慨一聲。

「有什麼不敢的？」染翠挑眉乜他一眼，他都敢開設鯤鵬社了，小李掌櫃除了是個女子外，沒有一處不好，可比用個剛愎自用的男人要好多了。

他才覺得那些沒識人之明，只瞅著襠下二兩肉用人的傢伙膽子大呢。

話雖沒明說，黑兒卻從染翠的眼神裡心領神會，苦笑之餘也心有戚戚焉。道理確實是這個道理，但能做到的人著實也不多。染翠的心性確實不俗。

交談間，兩人已經來到染翠慣住的幽篁小院，如其名院子裡種植了大片的竹林，地面收拾得乾乾淨淨，沒有亂草及落葉，走道鋪著名貴的墨方竹，打磨得光滑如鏡，走上去隱約發出空空的輕響，搭配習習涼風，瞬間掃去不少旅行中積攢下的疲憊與燥熱。

院落並不大，小巧卻精緻，主屋左側是竹搭的涼亭，也不知怎麼搭建的，靠近時能聽見流水淅瀝瀝的聲音，黑兒訝異地上下打量片刻，愣是找不著水流聲從何而來。

主屋及兩側廂房都用了不少竹子為建材，確實適合夏日居住，屋子裡有著淡淡的竹葉混著蓮葉的清香，幾乎感受不到外頭潮濕的暑氣。

「這院子搭建得很用心。馬面城那兒也該參酌參酌才是。」黑兒把整座院落查看一遍後，走回懶洋洋靠在貴妃榻上喝茶的染翠身邊如是道。

院落無分內外處處巧思，顯然搭建伊始就是專門為了給染翠避暑用，屋內的地面鋪的也非石板，而是竹子，隱隱約約有淙淙流水聲。想來是將水源導入竹心，與地龍功能相似，藉此驅散屋內暑氣。

儘管時序已經入秋，可南方的秋老虎天候卻也沒比暑夏來得好過，尤其是盧滙縣水氣重，夏日雨多還算過得去，秋日雨水漸少就有些悶熱了。這趟旅程確實苦了染翠，整個三伏天都在車上度過，也虧得他還能在黑兒幫助下半點沒丟落手上的工作。

提起院子的搭建，染翠雙眼就亮了，他帶些得意的揚揚小巧下顎道：「你也發覺了？這屋子是我和大李一塊兒搭建的。大李這人也是有趣，他為人處事腦子不過彎，說得好聽些叫做固執，講得難聽些叫做愣傻，可偏偏這樣的人卻擅長機關術。要不是我對他知根知柢，肯定以為這廝裝傻充愣。」

說著，染翠興沖沖抓著黑兒的手，帶他繞到院子裡一處隱密的角落，那兒立著乍看之下頗有些猙獰的嶙峋怪石，石面上斑駁地生了青苔，幾乎看不清原本的石料什麼顏色，恰如其分地融入了竹林之中，別有一番風雅的趣味。

來到怪石旁，染翠又拉著黑兒蹲下，撥開了怪石腳下一處被庭草覆蓋的地方，赫然露出了個把手一般的機關，染翠伸手過去扭了幾下，黑兒先是聽見了細微的齒輪滾動聲，緊接著他察覺那些若隱若現的流水聲全消失了。

看來，這是個水閥機關。

「確實是匠心獨具。」黑兒大開眼界，倒不是說水閥機關有多麼特別，而是沒想過能如此這般使用，還隱藏得這麼細緻。

「這是你和大李掌櫃一塊兒鼓搗出來的？」

「是，不過我就是提個想法。能成，靠的還是大李。」染翠點點頭，又扭開了水閥，將庭草覆蓋回去後，拉著黑兒起身。

「我帶你逛逛這院子吧？」

「不歇息一會兒？你昨晚沒睡好吧。」黑兒有些擔心。

「是沒睡好，可這時候睡了，晚膳時間就得延遲，夜裡又要睡不好了。還不如吃飽喝足了再睡。」染翠回道：「我想著明日去拜訪子清兒呢，神色要是不夠精神，那可太丟人了。」

聽了他的話，黑兒險些樂笑出聲來。他知道染翠有些臭美，據說是身為鯤鵬社的大掌櫃，代表的可是鯤鵬社的臉面，那些個心懷希冀的男子見著染翠這個靡顏膩理的佳公子，自然對鯤鵬社更加信賴。

黑兒倒是明白染翠話裡的意思，過去一直以來也沒覺得哪兒不對。可乍聽到染翠連見個故友都不肯露點怯，他還是覺得有些好笑。想不到染翠對自己的外表竟這般看重嗎？過去怎麼沒注意到這事兒呢。

雖說黑兒忍住了沒笑出聲，可染翠與他熟識，又是個精明的，狐狸眼一瞥自然將眼前的男人看得透透的，知道對方心裡偷笑自己太過臭美了。他也不害臊，只是白了黑兒一眼，撇撇嘴。

「別以為我不知道你心裡笑話啊。」說著，伸手在男人大腿上狠狠擰了一把，力氣用得挺足，把自個兒的手都擰疼了，黑兒卻沒事人一般，似乎還有些疑惑他在自己腿上摸什麼。

呿！

染翠心裡不舒坦，但也沒力氣再多擰幾把了。

生氣給驢看可說是毫無意義，只會令自己更憋屈。

黑兒雖是個溫柔體貼又仔細的人，可不知是否因為出身軍旅，身邊都是些大咧咧有話直說的

漢子，加之有關山盡及滿月兩個心眼多又護短的上峰，沒什麼需要鉤心鬥角的地方，對於那些個彎彎繞他是沒能力察覺的。

倒不是說他不懂，就是反應過來需要一些時間。比如先前王白山和曾玉章的事情便是，他撓心抓肺了好些日子，先是不解染翠為何要自己蹚了一趟混水，儘管後來搞清楚染翠打算一口氣處理了王白山及曾玉章兩個麻煩，多半是和滿月那兒暗通了聲氣，畢竟王白山這人繼續放任著危害過大，總得找個能治得住他的人才行。

可他又苦惱了，到底為什麼染翠要幫滿月這個忙？就算沒有染翠，滿月總能想到好辦法把王白山整治得服服貼貼的。

琢磨了幾日後，黑兒才在某天恍然大悟，染翠這是替自己鳴不平，刻意整治王曾兩人。

王白山讓他不喜，也多了麻煩任務在身上，總這樣盯著不是個辦法；曾玉章攛掇于恩華找蕭掌櫃麻煩，不慎在他腰上捅了一刀，算是惹上了血光之災，哪裡能輕易放過？不說以牙還牙以眼還眼，揍兩個眼窩子、打兩個嘴巴子還是需要的。

黑兒心裡熨貼，可讓他說甜言蜜語他說不了，他會的就是幹實事，照顧起染翠來更是貼心細緻，滿月都笑說要不要連飯都幫著餵給這小祖宗吃啊？喘氣也能幫著喘啊！

這樣的男人，你待著他自己回過味來都不知猴年馬月了，染翠也不是不明白這個道理。僅在心裡嘀咕了幾句，這也不是啥大事，索性直接挑明了說。

「你不明白，子清兒雖說年過不惑，可依然仙人之姿。你品品，他能在小倌館當了二十年清倌，最後還與鴇母好聚好散，靠自己賺的錢贖了自個兒的身後，手上餘錢還能支撐他後半輩子的舒服日子，別的不說，他的樣貌身段指定不尋常。」竹林雖說涼風習習，可秋老虎天氣午後的日頭仍然灼曬得人難受，染翠說著話，邊拉著黑兒退回屋內。

難得小李掌櫃準備了沐浴的水，不洗洗多浪費？

「他好不好看，與你又有什麼干係？」黑兒就很費解，染翠跟韓子清是朋友，怎麼這一聽像是要互相攀比似的？

染翠白了他一眼，「他好不好看是跟我沒多少干係，可我不要面子的嗎？在子清兄那樣的絕色跟前，我不說多麼打扮，可也得捯飭得精神些，否則多丟人啊！」

「我倒覺得你平日裡的模樣就挺好。」黑兒不以為然地咕噥。

「你瞧瞧我這眼下的青黑，再看看我這滿臉疲憊又風塵僕僕的模樣，別說多寒磣了，哪裡挺好來著，嗯？」這點自知之明染翠還是有的，他沒好氣地把臉蛋貼近黑兒。

這突如其來一張大臉，黑兒被迫退了寸許，這才得以看清楚染翠這張嬌俏俏的面龐，險些額頭頂著額頭碰上了。

誠實說，染翠的確並非黑兒見過最好看的人，他的上官鎮南大將軍關山盡，就是個少有人能及的美人，要不是一身氣勢太強，用什麼沉魚落雁閉月羞花形容都不為過。

可在黑兒看來，染翠自有一番風情，特別順眼。確實，一個來月的旅程人是憔悴了不少，原本白皙透粉的肌膚這會兒顯得有些慘白，眼下一抹青影，眼尾也因為疲倦泛著薄紅，偏斜的日光下，肌膚上的絨毛金燦燦的，彷彿被籠罩在薄薄金黃紗幔之中。

黑兒不自覺屏住呼吸，就怕用力些會把眼前的人給吹散了。他覺得自己似乎有些看得入迷了，彷彿這麼多年以來，他都沒仔細去看染翠到底美不美……應當這麼說，他心裡知曉染翠好看，只不過這個知曉是大夥都知道的事情，他沒有什麼別的想法，可眼下……黑兒猛地別過頭。

大事不妙！

染翠愣了愣，隨即沒好氣地哼了聲：「躲什麼呢！我就是嘴上客氣兩句說自己寒磣，你倒是

蹬鼻子上眼了。」

染翠心裡不悅，又恰好到了屋內，索性抬腿踢了黑兒一腳。

這可不比手上擰那般毫不痛癢，黑兒悶哼了聲，藉機退了兩步，一邊在心裡慶幸自己膚色黑，臉這會兒有些發熱，總算沒被瞧出來。

「滾你！別在我眼前閒晃悠，看了就來氣。」說罷房門被狠狠甩上，險些沒砸在黑兒臉上。

事態變化得猝不及防，黑兒也懵了，原本兩人好好說著話，他都不明白自己適才怎麼就別開了臉。

心裡有個聲音卻叫他別細想，染翠是個大氣的人，這點小事不會氣多久，待梳洗過後氣多半也消了，他暫時避一避就成。

晚膳約莫在酉時四刻準備好，黑兒在小李掌櫃的安排下，住了東廂房的屋子，西廂房則是阿蒙及于恩華住了。

兩個人精神頭十足，一到地兒就裡裡外外的忙碌，明明屋子都打掃得一塵不染，可阿蒙就是覺得不合意，硬是拉著于恩華在整理完行囊後把染翠會用到的地方又打掃了一回，那竹編的地板被擦得錚亮，都能當鏡子使了。

小李掌櫃親自來請眾人去用飯，見到乾淨得發亮的竹板地面，真心實意地連連讚嘆，竟絲毫沒覺得阿蒙的行徑冒犯了自己。畢竟小李掌櫃都說屋子整理好了，阿蒙猶不放心，這不明晃晃地質疑小李掌櫃辦事不牢靠嗎？

後來黑兒才知曉，小李掌櫃這是習慣了。

她和阿蒙同為女子，又都是染翠的手裡人，情誼頗不一般，心知道阿蒙對染翠有多忠心，自然每件事不經過自己的手無法安心了，便也沒放在心上過。

雖說是洗塵宴，可顧慮到染翠舟車勞頓，偏還碰上三伏天，人肯定累得夠嗆，要真讓他和整個分社的伙計、管事用飯，未免太過折磨。大夥兒對大掌櫃的身子有多嬌貴心知肚明，左右染翠打算在盧滙縣待到中秋過後，大可以到時候再請大夥兒吃飯，好好慶祝。

於是出席的就只剩大小李掌櫃及兩位高階管事，也不知是不是因為主事的小李掌櫃是女子，兩位高階管事也是一男一女，據說還是對恩愛的小夫妻。

與小李掌櫃的明豔張揚不同，大李掌櫃是個乍看之下極為俊秀，可瞧著瞧著就品出一股子憨氣，讓人忘了他長得有多好的年輕男子。他神態有些呆板，眉心一抹淡淡的褶痕，似乎經常皺著眉頭，唇角也是繃得緊緊的，要不是眼神溫和，看來就是個難相處的。

幾人都熟，也就不特意分餐了，十來道盧滙縣當地的美食羅列在圓桌上，一般這麼大的桌子都不好挾菜，會安排幾名丫鬟在一旁幫著布菜，可盧匯分社有大李掌櫃這麼性好鼓搗機關術的人在，這張大圓桌便不是單純的餐桌了。

只見圓桌中央還有一個圓盤，大約占了桌面七成空間，恰好能把菜全部擺上去，看菜在中央擺了一圈，什麼麵粉捏的蟠桃林、九天仙女、九曲荷塘裡頭還有游魚，也有用蘿蔔瓜果等物雕刻擺放而成的白鶴起舞、鏤金香藥等等，不但美觀還香氣撲鼻。

看菜之外一圈擺的就是十幾道菜品，盧滙縣喜用花卉入菜，又因為水域多，十個池塘六個是蓮池，於是蓮花從花瓣到根莖、子實全部入菜，還有什麼菱角、芡實、荸薺以及他處少見的芭芋，葷腥吃得多半是魚蝦等等水生物以及雞，豬羊比較少見，價格也比其他地方貴一些，畢竟能

大量飼養豬羊的地方少，價格就提上來了。

一開始黑兒還不解為何要擺個大圓盤在桌上，搞得大夥兒放碗筷的地方都小了，他一個北方出身半生戎馬的大老爺們，難免束手束腳，生怕不小心掃落了碗碟杯子。

可很快他就發覺到圓盤的妙處，原來這圓盤是能轉動的，桌子大不打緊，想吃哪道菜就把菜轉到自己面前便是。雖說這種方法多少有些粗魯，正式宴會上若有貴客在場是有些難登大雅之堂，可用於親友間餐聚別說多好使了！

黑兒心裡驚嘆，恰巧大李掌櫃就坐在自己身邊，兩人很快攀談起來，幾杯黃湯下肚後，大李掌櫃簡直把黑兒當成摯友，推心置腹什麼話都往外倒。

染翠在一旁看得有趣，也聽了一耳朵兩人的閒聊，見兩人聊得火熱朝天便沒橫插一腳，轉頭與小李掌櫃及兩位管事話了些家常，說著說著就提起自己打算飛鴿交友的事情。

「大掌櫃這是瞧好人了？」小李掌櫃聞言，兩眼都放光了。

「瞧好了，那人妳也知曉，名喚丘天禾。」染翠答得隨意，可飯桌上一瞬間靜默了，就是大李掌櫃這個慣常不懂看臉色的人都猛地憋住氣，半張著嘴一個字都不敢往外迸。

「怎啦？瞧你們一個個的，嘴都能塞入鵝蛋了。」染翠還笑呢。

阿蒙與于恩華就當自己不存在，該吃吃該喝喝，黑兒也很快想起先前染翠對自己說的，他為了丘天禾的事情難得動怒，寫信痛斥了盧滙縣分社掌櫃——就不知當初挨罵的是大李掌櫃還是小李掌櫃了。

但無論是誰，染翠當時措辭肯定極為嚴厲，才會在提起丘天禾的時候，不像是提了個人名，而是彷彿拿了把剪子把盧滙分社裡的人舌頭都剪了似的。

小李掌櫃是最快緩過神來的人，她很快收起臉上的訝異與不解，又露出了笑容，「沒想到大掌櫃你會看上丘天禾啊！這次來是打算見面？」

也不怪小李掌櫃沒料到染翠看上了自己手上的會員，數個月前她確實接到了從馬面城分社寄來的信，也知道丘天禾與人交換了回信，可寄信來的人是誰她倒是沒怎麼追查的，總不能拆了會員的私信查看吧？再說了，馬面城分社有大掌櫃坐鎮，也不擔心會出什麼亂子，會員之間普通交友的事情他們是不過問的，頂多就是重繪鯤鵬圖罷了。

染翠隨意擺擺手，「也不能算是瞧上吧，就是想交個朋友，他長得恰好是我喜歡的模樣。」

「他確實長得斯文，身分也算體面。」小李掌櫃贊同地點點頭，自打丘天禾上了《鯤鵬誌》，飛鴿交友的信件就沒斷過，甚至還有京城寄來的信。

「不過他眼光忒高，至今沒和誰交上鴿友，一般連三封信都過不了就無疾而終了。」

「看不出來他還是個高嶺之花哪。」染翠挑挑眉，顯然很感興趣，追問：「全是他看不上別人嗎？」

「不全是……」小李掌櫃搖搖頭沉吟了一會兒，「據說他會讓孩子挑，孩子沒看上，他就撇了不繼續。你也知曉他夫人去了沒多久，這才不到兩年呢，他兩個娃娃對後爹也好後媽也好，都不樂見的。」

「是嗎？」染翠若有所思點點頭，挾了口菜吃，又喝了口酒，「那他對我顯然是挺喜歡的，我第二封回信約了他相見，他倒是答應得很爽快。」

「畢竟大掌櫃長得好看啊。」小李掌櫃說得實在，道理就是這麼個道理，且不論丘天禾的兩個孩子看沒看上染翠，可丘天禾應當是看上了。既然對方都主動約了見一面，何樂而不為？

「我記得中秋前十天盧滙縣的古畫古籍市集就開始了，還併有南北市集一道是嗎？」染翠話題一轉問起別的事。

「是，每年中秋是大集市，就算逛上十天十夜也不見得逛得透，您這回來得正是時候呢！」這回應話的是大李掌櫃了，他憨厚的臉上出現一抹亮色，很是興致勃勃。

中秋的大集市是盧滙縣盛典，什麼稀奇古怪的玩意兒都會出現，大李掌櫃每年都淘到不少寶，還能入手便宜的木材用在機關術的研究上，他可是攢好了一小筆財富打算一擲千金呢！

「敢情好，既然人都跑去集市了，我正好約他去城郊的清涼山踏青，省得和人擠，難受。」染翠滿意地點點頭，把事情安排得明明白白。

桌上幾人，除了正為大集市心馳神往的大李掌櫃外，不約而同朝黑兒瞅了眼。兩位管事還比較怵這位赫赫有名的南疆軍參將，很快把目光別開了，小李掌櫃則笑盈盈的，眼裡都是藏不住的促狹。

顯然，染翠及黑兒之間那點事，已經傳到盧滙縣來，黑兒腦瓜仁一抽一抽的疼，卻又毫無辦法。嘴巴長在別人身上，他又能怎麼辦？他怎麼也想不明白，為何就是沒人相信他與染翠之間，當真無關乎情愛呢！

眼下只能裝作全無所覺，喝著酒繼續同大李掌櫃天南地北地閒談。

宴席剩餘的時間倒也沒再繼續揪著丘天禾與染翠飛鴿交友的事情說了，那頭染翠與小李掌櫃他們說了些什麼，黑兒半分沒去探聽，他一心在詢問大李掌櫃關於幽篁小院裡的流水機關，想著能否在馬面城也幫染翠整一個。

大李掌櫃為人極老實，說得難聽點就是嘴笨容易得罪人，他聽了黑兒的意思後，連裝模作樣思索片刻的時間都沒有，直接道：「就算我畫了圖紙給您，九成九也沒有用。」

「怎麼說？」黑兒不以為意，他身邊多的是軍痞莽夫，比大李掌櫃更不會說話，一張嘴就讓人想割了他舌頭的人比比皆是，反而感覺大李這樣的爽快交際起來舒服。

「幽篁小院的流水機關用的是活水。您也瞧見了，小店左右都是水道，引水再方便不過，地下又有許多暗流，水質清澈還涼幽幽的，才能起到地龍那樣的作用。否則引入的水流在機關中走上一圈清涼不再，反倒會生出暑氣來，不即時排出引入新的流水，便會又熱又悶，比外頭的烈日驕陽還讓人難受。」大李掌櫃解釋。

可以說，幽篁小院的機關不僅僅因為他的手藝了得，更在於地利之便。

黑兒聽明白了，心裡便有些不得勁，但也知道自己無法強人所難，可又難以死心，便又抓著大李一通問。

大李這人也實誠，對染翠又是打心底的敬重，自然也想替大掌櫃多分擔些辛苦，便答應黑兒他會回去想想，左右他們還要在盧滙縣待上半個多月，說不定能讓他想出好辦法呢？

得了准信，黑兒一高興，和大李掌櫃稱兄道弟喝得更歡了，喝到後頭大李掌櫃醉得一灘爛泥似也，話都說不清楚了，抱著酒罈一個勁兒的傻笑，喊著要與黑兒抵足而眠。

小李掌櫃看不下去，喚來兩個高大的護院，架著人回自己屋裡歇息去了。

眼看時辰也逼近亥時，桌上的菜早吃空了，甚至還有一隻小醉貓抓了幾顆麵粉蟠桃塞嘴裡嚼，邊嚼邊抱怨沒汁水不香甜，要叫爹爹抽賣蟠桃的攤主幾個嘴巴，還要告上官府，不能讓此無良商家繼續欺騙百姓們的荷包，這是明搶！

染翠在一旁笑得開心，眉眼都是彎的，雙眼裡彷彿有碎光。

黑兒人已經半醉，正端著一碗酸梅湯啜飲權當醒酒，直勾勾盯著染翠不放。

「幹啥瞅著我呀？」染翠倒是沒喝幾杯酒，他喜愛的水君子是盧滙獨產的名酒，以荷葉釀造而成，酒液透亮中帶著隱約的淺綠，並不如何烈，後勁也不大，入口溫潤帶甜，尾韻是一骨子荷葉清香直衝腦門，十分受文人舉子的青睞。

不過在飲酒上染翠是非常有節制的，他出身青樓窯館，一輩子浸淫在歡場中，自然明白飲酒過度會發生哪些糟糕事情，這也養成他即便在家裡小酌，也不會貪杯的習性，頂多就是喝到微醺。畢竟喝得爛醉出醜不算大事，被人藉機拉入巫山一夜雲雨，那可不是能一笑置之的。

黑兒沒回話，他喝的可不是水君子，而是另一種被稱為半月見的烈酒，也虧他酒量驚人，才能還僅只半醉。

眼下他已經喝完手中的酸梅湯，放下碗後伸手握住了染翠的手。

那頭，幾個人還在笑看于恩華醉醺醺地唱大戲，無人關心這頭染翠與黑兒兩人在做什麼。

染翠任著黑兒動作，臉上還是那慣常的笑容，臉上似乎有些微微暈紅，也不知是酒勁上來了還是天氣熱的，側著腦袋與黑兒對望。

男人的瞳仁極黑極深，專注地望著人時，彷彿能看進人心底。黑兒很少這樣看人，或者說，他會這樣看人，但多是在戰場上，眼中帶著血性與殺意，還有一種堅定要活下去的意志。

染翠沒見識過黑兒那樣的眼神，他與黑兒初遇就是在承平時代，在鵝城的鯤鵬社後院，那般繁華的地方，分社裡的一草一木、一磚一瓦都是精巧無比，甚至可以說一句巧奪天工，全是染翠的心血。

那時候，黑兒跟在關山盡身後，隨行的還有包含方何在內的另外三名親兵，幾個人都高壯得宛如鐵塔，且不論關山盡一個人的氣勢就足以令小兒不敢夜啼，誰都膽顫心驚地不敢攖其鋒，連呼吸都會淺上幾分，深恐氣喘得重了會引禍上身。

單就那四名親兵都足以使人膽寒，明明才五個人，卻有種庭院被千軍萬馬塞得滿滿當當，連氣都喘不開的感覺。

鵝城算是大分社，儘管比不上盧滙縣、梨水縣、澄陽縣、朱岫縣等等地方，整大夏也算排得上號的，是南疆當仁不讓的第一。自然也養了不少夥計、護院、管事，卻一個個鵪鶉似也，有幾個護院鼓起勇氣進了後院，想替染翠壯壯場面，可都被染翠趕走了。

他那時候心裡也沒底，可又想著關山盡怎麼說也是鎮守一方的大將，總不至於和他這樣的平民百姓過不去。再說了，若這幾個人存了心思要找麻煩，就是把整個鵝城分社的護院伙計都捆成一束，也不夠這些人玩上兩回合，還是別徒增損傷了。

總歸吧，關山盡聲名如何染翠是清楚知曉的，他既然背靠關成毅這棵大樹，應當勉強能收到幾分薄面。

也確實，關山盡沒對他做什麼，就是笑吟吟地讓四名親兵把他們所在的那個院落給拆了。

染翠至今記憶猶新，當時是個風和日麗的午後，日光不冷不熱曬在身上暖乎乎的，他數年前從關成毅手上拿到了一包海外流入大夏的種子，據聞是種名為藍花楹的花樹，盛開時一樹藍紫色花朵宛如煙霧，美不勝收。一包種子還不少，又是稀罕的玩意兒，染翠索性每開一間分社，就在後院裡種一棵藍花楹。

這會兒正當藍花楹開花的時節，整個後院都是藍花楹獨特的淺淡甜香，可說是鯤鵬社的象徵之一。夏日他過得難受，卻愛在藍花楹樹下賞花。不得不說，關山盡等人來得正是時候，他連躲避都沒處可躲。

這會兒阿蒙早已被他支走，讓她傳話給分社眾人暫時別進後院，骨董舖子的生意繼續，可若有鯤鵬社會員前來，先把人勸回去。

為了招待會員，鯤鵬社後院裡小橋流水、亭臺樓閣一應俱全，幾人這會兒所在之處是個聽雨亭，關山盡一臉閒適地啜了口手上的茶，還輕輕讚嘆了聲好，接著男人清越如玉石相擊的聲音緩聲道：「動手。」

簡直就是噩夢。

染翠當時心想，要不是自己十七歲那年見識過一次拆房子，這會兒肯定氣急攻心，直接吐血昏死過去。

「借個光。」這是黑兒同染翠說的第一句話，語調低沉厚實，隱約帶著暗啞，傳入耳中癢絲絲的。

染翠愣愣地起身讓了讓，就見這膚色黝黑的男子俐落地動手拆了聽雨亭的頂蓋。看得他雙目圓瞠，險些沒滾出眼眶。

眼前男子猶如出竅的古樸寶刀，乍看之下平平無奇，再一細看才驚覺其淩勁淬礪，此時想閃躲已然失去先機，硬生生被劃出血口子。

這大抵就是染翠唯一的想法了。

他訝然地看著黑兒如蛟龍如猛虎，遊走在自己耗費心血布置的庭院中，甚至沒心神覺察自己滿身都是頂蓋被拆時落下的塵土，狼狽得猶如一隻小花貓，不錯眼地瞅著黑兒如何一丁一點將雕欄玉砌的屋子夷為平地。

末了關山盡又輕描淡寫說了句「住手」時，半個後院都被拆得七零八落了。

四個親兵，黑兒拆的東西最多，染翠心裡那個氣啊！早知道會遭此一難，就該把鵝城分社的後院放滿巨石，看這些人怎麼動手！

「染翠。」關山盡放下杯子，纖長如玉的指頭在逃過一劫的桌面上敲了敲。多巧，十七歲那年好像也是剩了一張桌子呢！

「本將軍這回看在闞成毅的面子上不多追究，可下回你手再伸這麼長，就別怪本將軍剁了你的手。嗯？」語尾淨是纏綿，任誰都會不小心被迷惑了心神。

只不過這些人裡不包括染翠，他就是與關山盡不對付。因為這金玉其外的男人，自己可是連吃了三個喜餅啊！

但形勢比人強，染翠也只能勉力笑了笑，拱手道：「大將軍何故如此說，染翠一介白身手能有多長呢？就是隻八爪魚也不敢隨便伸手的。」也算是服軟了。

還能怎麼辦？關山盡嘴裡的剁了手可是真剁，連闞成毅都保不下自己的。

一口氣憋得染翠幾乎吐血，自打攀上了大樹後，他就未曾吃過這麼大的虧了。真讓他嚥下這口氣，他是嚥不下的，反正關山盡做初一，他大可做十五，是個人就有運勢高低好壞之時，他且蟄伏著，總有報仇的一天！

關山盡帶人離開時，黑兒走在最後，離開前與染翠對視了一眼，又深又黑的眸子溫和平靜，渾然不若適才剛拆了他半個院子，直勾勾的彷彿能看進人心裡……就和眼下一模一樣。

「幹啥瞅著我呀？」染翠唇邊帶笑，又問了一回。

也不知道自己怎麼就想起了那一天，他那時候對黑兒氣恨極了，只比關山盡好那麼一些，再往後陰差陽錯，黑兒被關山盡送到離他極近的地方，他狠狠坑了黑兒一把，也算出了心裡頭憋著的怨氣。

如今兩人都相識五年了，他把黑兒當成摯友……不，或許比摯友要再特殊一些，畢竟兩人可是玩鵬的情誼。

可今晚，染翠隱隱察覺心裡有什麼不對勁，他喜歡黑兒這樣瞅著自己，心頭有種蜻蜓點水般的燥熱，莫非是酒喝多了？

黑兒還是不回答，握著他的手緊了緊，壯實的臂膀微微一動，似乎是想把染翠摟進懷裡，但到底沒做，也不知道是不是顧慮小李掌櫃他們。

「你有話對我說？」染翠不滿意，索性自己靠上前去，伸手刮了刮男人的頸側。

黑兒的身體猛地繃緊，但很快又放鬆，拉著染翠的手按在自己下腹，眼神裡透著些許無奈。

「你怎麼啥話都不回我呀？」染翠嗔道。

「我醉了。」這回黑兒回答了，低沉的嗓音微啞，染翠耳朵癢絲絲的，有些受不住。

「你是醉了。」他兩隻手都被黑兒抓著，可指頭倒是還能動，壞心眼地在他下腹搔了搔，就見黑兒身子一震，黝黑的面皮都能看出些許脹紅了。

「怎麼？你心裡打什麼壞主意不成？」

黑兒又不回話，就是眼神更深了幾分。

看來，確實是打什麼壞主意沒跑了。

染翠向來是打蛇隨棍上的高手，他心口一癢，難得見到這樣的黑兒，是個男人誰忍得住？要知道，從來玩鵰這事兒，都由他主動，黑兒能躲則躲，雖說前些日子大方了些許，可他們很快就踏上前來盧滙縣的旅途，算一算竟然素了兩個來月！

於是染大掌櫃主動湊上前，吐氣如蘭地貼在男人耳邊低語：「飯也吃得差不多了，明兒還得早起，今晚咱們鬆快鬆快，也能睡個好覺。黑參將，您意下如何啊？」

這鬆快指的是何事，黑兒哪能聽不明白？

染翠還想著，不知這回得等多久才等得來一句回應，黑兒便湊到他耳邊，帶著半月見凜冽酒香的氣息吹拂過耳畔，像點起了一簇火苗。

「好。」

第二章　你真的很好看，給我吧？

給什麼？染翠一愣，這話沒頭沒腦的，
他一雙含情的狐狸眸中隱帶水光，
在黑兒眼中就是他怯怯地瞧著自己，
一臉茫然卻又彷彿是任君採擷。

在玩鵰這件事上，黑兒除了頭一回被下了藥，全然無法控制自己之外，餘後從未主動過。甚至可以說，要不是染翠懂得如何拿捏他，他又確實拿染翠毫無辦法，這鵰是玩不了的。

染翠也算開了眼界了，心頭搔癢搔癢的說不出什麼感覺，他並未去深究，只是好奇著黑兒會怎麼做？

幽篁小院夜裡很是涼爽，因為有流水機關的緣故，門窗不用特意敞開來，染翠想了想索性全關上了。黑兒安安分分地坐在床沿，目光隨著染翠的身影移來移去，也就恰好與染翠回過來的眼神對個正著。

「怎麼還瞅著我？看不膩嗎？」染翠覺得有些好笑，黑兒也不是沒喝醉過，可這般黏糊糊的眼神卻是開天闢地頭一遭，莫名令他有些愉悅。

「我打盆水來給你抹抹臉？」

「好……」黑兒輕輕點頭，說著就要從床上起身，染翠連忙上前把人按住。

黑兒也不抵抗，順勢坐了回去，滿臉疑惑地皺起眉，似乎是在詢問染翠什麼意思。

「我去打水，你起身做什麼？」染翠用手指在他頸側刮過，笑問。

「打水給你擦臉……」黑兒老老實實地回答，頸側似乎被刮癢了，伸手一把扣住小狐狸老是在他身上作亂的爪子，照樣按回腹上，並安撫地拍了拍，似乎是讓染翠別頑皮。

「你才是那個喝醉的人，忙乎什麼？坐著等我回來，可別睡了啊！說好了鬆快鬆快，你要是睡著了，我可要生氣啦。」

染翠抽了抽手，黑兒卻不肯放，反倒扣得更緊。

「快鬆手，你這樣抓著，我怎麼打水？」

「不。」黑兒爽快地拒絕了，見染翠似乎要開口辯駁，又加重語氣重複了一回：「不。」

好吧，跟個醉鬼也沒什麼好較真的，兩人在用飯前其實都梳洗過了，喝的又都是好酒，身上沒什麼討人厭的氣味，反而增添了一股子酒香，染翠喝水君子沒喝醉，這會兒卻被黑兒混著酒香的氣味薰得有些微醺了。

「那我替你脫外衣？」染翠問。

黑兒沉默地瞅著他半晌，才有些遲鈍地點點頭，「好，我也替你脫。」

「那你還不把我的手鬆開？」

染翠還有一隻手是空著的，可一隻手著實也辦不了太多事，且以他對黑兒的了解，但凡他動手解對方衣裳，那他兩隻手肯定都會被鎖住。

黑兒卻假裝沒聽見似的，就是不鬆開，他空著的手可比染翠靈活多了，一下握住了染翠纖細的腰，將人拉進懷中後，三下五除二就把人給剝得只剩下裡衣，還不滿足要繼續把最後一件衣裳也給脫了。

染翠連忙伸手去擋，粉白的臉難得羞紅了，霎時艷若朝霞、眉眼含春，男人一時看呆了，總算停下手上的動作。

「你今兒到底怎麼了？」染翠用手護在胸前，裸裎相見也不只一兩次，三、四十次都有了，他也不明白自己怎麼就害羞起來，興許是因為黑兒從沒這麼強勢過吧。

黑兒腦子也不知是不是因為酒糊成一片，全然任憑自己的本能做事，彷彿有個壓制住他許久的枷鎖，腐朽的鎖頭在今日鬆開了，他那些個小心壓抑便也全沒了。

「你不是說，咱們鬆快鬆快？」

染翠一挑眉，擋在胸前的手臂改而攬上黑兒的頸子，親暱地用臉頰去磨蹭男人肌膚粗礪的面頰，巧笑倩兮：「成啊，你話都說出口了，今晚任憑處置。」

染翠從未如此後悔自己說出口的話。

什麼任憑處置，他明明察覺黑兒的不對勁，怎麼就沒點警覺呢？都怪這傢伙平日裡對玩鵰推三阻四慣了，他壓根忘記了，是個男人都有犯渾的時候，而且平日裡越穩重的人，一渾起來那更是千軍萬馬都攔不住。

染翠一刻鐘前就被得了他話的黑兒直接摜倒在被褥中，腦子暈眩了兩息，剛緩過神就發現自己的褲子已經被黑兒剝了，他除了一件輕薄的裡衣，下身赤條條的，男人正一臉嚴肅又著迷地瞅著他的鯤鵬。

要說染翠的物什雖沒有金鵰那種分量與雄偉，可也是中規中矩，修長挺直，顏色淺白中透著粉，前端圓潤粉嫩，當中一抹裂口因為不安，先是緊緊縮起，又被黑兒太過接近的滾燙氣息噴得顫抖，微微張開了些許，隱約能瞧見裡頭桃花般的嫩肉。

黑兒看得眼睛眨都不眨的，整張臉幾乎要埋進染翠胯下，黝黑的肌膚明顯看得出紅透了，呼吸粗重了許多，彷彿帶著火苗的吹息不斷掃過染翠細嫩的部位，饒是染翠在性事上再如何大膽，老是口花花地調戲黑兒，這會兒都有些扛不住，裸露出來的肌膚全都氤紅了。

「你要做什麼……別瞅著那兒看啊！」染翠難得羞得不行，伸手推人，自然是推不開的。黑兒身材高大，全身都是結實且塊壘分明的肌肉，染翠壓根連一寸都推不開，索性夾起雙腿，可偏偏男人就擋在腿間，這一夾起不是直接把人往自己的鯤鵬上懟？

染翠一時不知所措，又羞又氣地在黑兒肩頭踢了一腳。

「你真的很好看……」似乎被這一腳踢回了神，黑兒從染翠腿間抬起頭，「給我吧？」給什麼？染翠一愣，這話沒頭沒腦的，他這會兒腦子也不清楚，一雙含情的狐狸眸中隱帶水光，在黑兒眼中就是他怯怯地瞧著自己，一臉茫然卻又彷彿是任君採擷。

給不給都無關緊要了，黑兒想，他就是想要，誰都不能阻攔他，包括染翠都不行。

男人直接張嘴含住了讓他唇舌生津的粉嫩陽物，粗細恰好盈滿他口中，嚴絲合縫得彷彿天生該讓他品嘗，這也不是頭一回啜染翠的鯤鵬了，可今夜就是特別讓他心緒激動，恨不得生吞了眼前的人，從頭到腳、連皮帶骨地全吃了。

「嗯啊！」陽物猛然被吞進一個滾燙濕熱的地方，染翠忍不住喊出聲來，柔韌的腰一抖直接軟成麵團。他仰倒在被褥上，雙目噙淚看著黑洞洞的床頂，呼吸急促起來。

黑兒的口舌出人意料地靈活，無論是吸吮舔吻都比過去由他主導時要來得好，簡直就不像一個人！這傢伙以前莫非藏了拙？床笫之事藏什麼拙啊！染翠簡直要瘋。

他怎麼都想不明白自己怎麼全無反抗的餘地。

男人這會兒啜得歡快，嘖嘖水聲響個不停，一條厚長的舌頭由下往上順著肉莖裡側的筋來回舔舐，舔到頂的時候總會用嘴唇抿著前端傘狀的部位，用力啜兩口，險些把染翠的魂給啜出來，青年嗯嗯啊啊發出貓叫似的呻吟，控制不住地挺起腰。

濕淋淋的前端像顆多汁的果子，吸吮後就會噴出腥甜的汁液，黑兒簡直喝不夠一般，索性不去管挺立的肉莖，專心一意地對圓潤的前端又舔又咬，舌尖甚至撩開那條縫隙，往裡頭鑽了鑽，磨蹭嫩得出水的嫩肉。

染翠尖叫著伸手去推他的腦袋，可男人嘴上力道也不輕，別說推開了，甚至還被壞心眼地順著他的力道前後擺動，牙齒微微內收，似有若無地刮搔在濕得一蹋糊塗的肉莖上。

這簡直要把染翠給弄死了。

他雙腿猛地緊繃，接著在床褥上胡亂蹬了幾下，直接洩在了黑兒嘴裡。人還沒緩過來呢，就聽見咕嘟咕嘟的吞嚥聲，儘管才兩三聲，染翠卻很快意識到，這是黑兒把自己射出來的濁液全吞下肚了。

「你……」他渾身還因為洩身而發著抖，勉強用手臂撐起上身，不可置信地用紅透的雙眼瞅著抬起腦袋與自己對望的男人。

黑兒沒多說話，只是隱隱帶著淺笑，緩緩地用舌尖舔去唇邊殘留的白濁，發出巨大的咕嘟一聲，嚥下後對染翠張了張嘴。

要命了！染翠霎時羞紅了臉，黑兒這是存心的啊！這傢伙今兒是吃錯藥了吧！

染翠一反常態沒順著桿爬，反倒往後躲了躲，這下黑兒可不樂意了。男人唇邊淺笑一斂，上手像抓小雞一樣扣住染翠的腿，直接把人拖回來，接著把兩條細長的腿往肩上一跨，將那剛洩過這會兒奄奄一息的鯤鵬直接送到男人嘴邊。

「別鬧！」染翠還能不知道黑兒的打算嗎？又羞又急，他可沒有黑兒的氣力，能連射幾回不歇息還像個沒事人，他還沒緩過來呢！

「別怕，我慢慢弄。」

黑兒安撫地用乾燥滾燙的手掌揉了揉染翠白白軟軟的肚子當作安撫，低沉的語調別說多繾綣了，就是染翠也不禁從腰部直麻到腦門，秀緻的耳垂紅得宛如要滴血一般。

屋子裡甚至床邊都有流水機關通過，照說應當是清爽宜人的，現如今空氣卻滾燙非凡，翻湧著灼人的情潮，最後的燭光啵一聲燒滅，屋子裡瞬間陷入一片黑暗當中。

染翠看不清楚黑兒，門窗都關上了，屋內可以說伸手不見五指，他連黑兒的剪影都看不到，

只能聽見男人粗重的喘息聲，還有石楠花混著男子麝香的氣息縈繞在呼吸間。

他腦子嗡嗡地響，不知道黑兒打算做什麼，正想開口問一聲，他的陽物又落入了熟悉的溫熱口腔中。

「啊啊——」

猝不及防，染翠驚叫出聲，語尾又軟又媚，像有把小鉤子，勾得黑兒心醉神迷。

這回黑兒不光是啜著前端，他直接把整個肉莖都納入口中，一下子戳中咽喉，喉頭緊縮了兩下，擠壓著染翠最脆弱的前端，這種感覺不光是舒服，簡直能讓人腦子都燒化。

「嗯……黑兒……黑兒……」

染翠手指緊緊扣住棉布床單，幾次深喉後幾乎快把床單抓出洞來。他算是了解先前自己如此對付黑兒的時候，為何男人每每失控，這他娘的誰受得住！

本以為自己硬不起來了，誰知不但硬了，還被啜得沒一會兒又洩了精，跨在男人厚實肩頭上的雙腿朝半空踢蹬了幾下，染翠發出舒服到極致的尖叫，身子抖得幾乎要散了。

可黑兒還不放過他，這回他沒吞下精水，而是吐在自己手上，整個手掌包含指頭都沾濕了，帶著癜痕的粗長手指從染翠𢢾𢢾的囊袋往後摸，先在會陰一陣揉弄，弄得染翠細腰亂挺，最後來到雙臀間的小穴。

「你想……」染翠適才叫過頭了，嗓音有些嘶啞，也說不清自己究竟是期待還是畏縮。畢竟他與黑兒向來只是玩鷳，原本也沒想更進一步。

可……若黑兒真想入他，也不是不可以。

「我沒想。」黑兒卻一口否認了，細聽還有些狼狽，可腦子糊成粥的染翠是真沒餘裕細聽，心裡莫名就有些不開心。

「那你把手撒開。」染翠擺了擺腰，黑兒依然扣著他，雙腿彷彿不是自己的，根本躲不開。

「不撒。」想都別想。

摸到菊穴的手指一點一點沒入其中，染翠輕聲嘶了幾口氣，疼倒是不如何疼，可黑兒的手指太粗了，塞入後脹脹的，說不上什麼感覺，就是很讓人羞臊。

查覺到他的身子過於緊繃，黑兒怕會弄傷了染翠，張口又把軟塌塌的陽物啜進嘴裡。

「你吐出來！」染翠連忙要伸手推，可他這會兒下身被抬高，壓根碰不到黑兒，只能眼睜睜任由黑兒再次狎弄。

這次比起前兩次要柔和許多，黑兒用舌頭上上下下的舔，似乎要把每一條青筋血管都勾勒一回，嘖嘖水聲響成一片，沒一會兒就把染翠舔得半軟不軟，渾身都沒了氣力。

戳入菊穴裡的手指動得更歡快了，柔軟的腸肉怯生生裹著男人的手指，彷彿不知道該怎麼推拒或迎合，黑兒也並不是情場高手，性事上除了染翠，從未與任何人有首尾，全靠著本能把弄。

他一開始輕輕地戳刺，在染翠放鬆身子後，又插入了一根指頭，兩根指頭一會兒張開，一會兒前後抽插，簡直快玩出花來了，很快就把羞澀的後穴弄得濡濕，噗滋噗滋發了大洪水。

愉悅一波接著一波，讓人應接不暇，突然粗長的手指戳中某個部分，染翠猛地繃緊身子，整個人發狂似地抖了片刻，張大了嘴直直仰著腦袋，卻什麼聲音都發不出來，只有喉間隱約發出喀喀輕響，被含在嘴裡的肉莖更是猛烈抽動了幾下後，可憐兮兮地流出幾滴淺淡如水的精液。

黑兒連忙吐出嘴裡的軟肉，抽出在染翠後穴肆虐的指頭，將那雙在自己肩上繃得不住抽動的纖細雙腿放回床褥上，這才上前查看。

只見得，染翠淚眼翻白，顯然是舒服過頭了，半張著雙唇吐出一點嫩嫩的舌尖，出氣多進氣少，竟然已經暈了過去。

黑兒連忙將人摟進懷裡，心中那腐壞脫落的鎖頭倏地又扣回了原處，整個人猛然清醒過來，神色不定地凝視著自己懷中還一抽一顫，模樣看著有些悽慘的染翠，他今夜確實做得過了。

「對不住……」他心裡難受，沒想到自己竟也有酒後亂性的一日，還下手如此之狠，恐怕明兒染翠清醒後會生氣吧？

不久前還在染翠身子上肆虐的手，恢復了原本的溫柔，隨意把那些不可言述的汁液抹在自己衣服上後，輕柔地攏了攏染翠散亂的髮絲，小心翼翼抹去如玉面頰上的淚痕，便打算下床去打水來替染翠拾掇拾掇。

可人還沒來得及下床，衣襬被一把扯住，他連忙垂眸看去，果然是染翠的手。

「怎麼了？」黑兒連忙又靠上前，躊躇了會兒還是把人摟了起來，溫熱的大掌在小狐狸纖弱的背心拍撫。

「你要去哪兒？」染翠的聲音像破裂的布帛，嘶啞還有些發虛，相識多年這還是頭一遭。

「替你打水來抹抹身子。」黑兒半垂著腦袋，安撫道：「我今夜太過了，你生氣也是理所應當，但先休息好了，你想怎麼收拾我都成，好嗎？」

「生氣？」染翠眨眨眼，語氣莫測。

「是我對不住你……」黑兒整個人顯得很是喪氣，彷彿上半夜那個險些把染翠玩瘋的人不是他似的。

「倒也不用這般……」染翠這會兒渾身都還沒從那極致的愉悅中緩過神來，他今夜也是出了大醜，竟然翻著眼暈死過去，簡直沒臉見人。所幸，這件事就他知黑兒知，他倒是不怎麼在意被黑兒見到性事裡的醜態。

「嗯？」黑兒沒聽清，歪著腦袋往他嘴邊湊了湊。

「我說呀，我明兒還要去見子清兒呢，這可怎麼辦？」染翠輕啐了口，沒聽見算了！不過韓子清可是在小倌館待了大半輩子，他這嗓子定然瞞不過的。

「那明日先不去，你休息兩天……」黑兒聽明白他話裡的意思，心中自責更深上幾分。

「哪能呢。子清兒再三日就要結契了，我明兒不趕緊去拜訪他，怎麼知道分子錢要出多少？總得打探清楚與他結契之人的底細吧。」染翠撇撇嘴，臉頰貼著黑兒胸口蹭了兩下，打了個小小的哈欠。

「我去替你打探？」黑兒是個護短的，他與韓子清非親非故，自然比不上懷裡的人重要，要不是顧慮著染翠重情，他連幫著打探的話都不會說出口。

左右都要結契了，即便韓子清的契弟是個薄情寡義、另有所圖的惡人，又能怎麼辦？個人有個人的緣法，染翠不也說了，這場結契禮勢在必行。

「我要打探什麼人，還需要你出手嗎？」染翠白了黑兒一眼，這傢伙是不是忘了他手上有多少探子？還是那種連皇上的陰私都挖得出來的好手。

聞言黑兒揉揉鼻子，沒多說什麼。

「你讓阿蒙明日早些起來替我熬個潤喉清肺的藥湯，也交代廚房熬個魚片粥給我當早膳就行，省得費嗓子。」嗓子養個一夜能好個五六分，他這會兒說話雖然仍嘶啞，可比先前好多了，足見沒真的叫壞了嗓子。

「好吧。」黑兒還能怎麼辦？染翠都這麼說了，他再不樂意也沒用。

說到底，今夜若不是他做了糊塗事，何至如此？

染翠滿意了，點點頭，「就這麼辦吧！你先去交代阿蒙，再打水來給我抹身子。」

「知道了。」黑兒輕手輕腳把人放回床褥上，所幸被褥沒怎麼弄髒，稍微墊床薄被子也能將

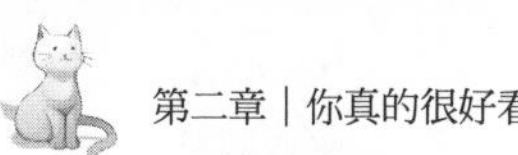

就一夜。

「對了。」剛轉身，染翠又突然叫住了他。

黑兒疑惑地轉回頭。

「我覺得你今夜挺好的，不妨多多益善。」

黑兒幾乎是落荒而逃。

果然如染翠所預料的，第二天醒來，喝了潤喉養肺的湯藥，又吃了一碗熱乎乎的魚片粥後，嗓子已經好了九成，就連小李掌櫃都沒聽出來哪兒不對勁。

這下黑兒也安心了。

阿蒙一早帶著于恩華將要送給韓子清的禮物都準備妥當，一件一件擺好放上牛車，來回清點三遍才滿意。

盧匯分社與韓子清的住所離得不遠，坐牛車約莫兩刻鐘能到，染翠只帶了黑兒一同前往，給阿蒙及于恩華放了一天假，讓他們去玩玩。

直到見著了韓子清，黑兒才終於明白昨日為何染翠會說出那番話來。

黑兒是見過染翠的義父董公子的，過去他就疑惑過，董公子雖然家中做的是酒水營生，但在他父親過世前並未接觸歡場的生意，反而從小讀書，在寫詩上頗具靈氣，若非出身不夠清貴，屬於下九流戶籍，因此無法參加科考，否則應當能光耀門楣，就算考不上一甲，二甲進士倒是沒問題的。

或因從小浸淫在學問裡，即便後來接手了其父的營生，仍舊是一身儒雅的書卷氣息，頭一回見面恐怕沒人能料得到董公子手中竟有數間青樓窯館、酒肆戲樓，尤其是京城中，但凡做的是酒水皮肉生意，都得賣董公子一份薄面。

然而染翠卻是個從骨子裡散發出慵懶及勾人媚意的人。他的樣貌儘管有些雌雄莫辨，卻也不至於顯得女氣或妖媚，眉宇間依然有男子的銳利與英氣，就是那雙狐狸眼滿是風情，瞅著人看的時候像有小勾子般引得人心蕩神馳，偏又不敢褻玩。

董公子顯然無論如何身傳言教都教不出染翠身上的風情，卻也定然並非從歡場中沾染出來，畢竟董公子對染翠護得跟眼珠似的，哪能讓他接觸那些個下九流的行當？頂多帶著染翠四處談生意，長些見識而已。

可今日，黑兒算是明白染翠的一身風情師從何人。

韓子清確實年紀不小了，清麗絕俗的相貌仍絲毫不顯老態，徐娘半老之流的調侃之詞更是半點不沾邊。

他的身形纖孅高眺，著了一身素雅的絳紅衣衫。衣襟袖口乃至衣襬都毫無紋飾，但衣料染得極好，有些地方略深有些地方略淺，交錯著宛如綻放了一朵朵沒骨牡丹，雅到了極致也艷到了極致。

兩人到訪時是由管家引入屋內，還一路帶進主人家的院落，而非待客用的廳堂，足見兩人交情著實非同一般。

短短一程路，染翠與管家話著家常，管家顯然也知曉染翠苦夏，言詞間多有關懷，染翠一一笑著回應，說著子清兄要結契了，他哪裡能不來？

黑兒在一旁聽著，注意到管家三番兩次投向自己的眼神，看起來彷彿是不經意瞥到的，便也

沒如何放在心上。

儘管入秋了，可盧滙縣因為水氣重，加之位處南方，殘暑的燥熱依然令人不快，韓子清所在的房間門窗都是敞開的，從門口往內瞧可以直接看穿，屋子南面的門也全部推開了，外頭連接的是個臨水的門廊，韓子清就站在門廊邊上，素白得宛如會發光的手執著一把圓扇，輕輕搖晃著，搧出的清風吹得他眼睫晃動。

光只一眼，就是黑兒都不禁恍惚了一瞬。

「子清兒。」染翠早已見慣了韓子清的風姿，神色半點沒變，親親熱熱地走上前，一點都不生分。

「翠兒你來啦。」韓子清側過半張臉，見到染翠後唇角眉眼都是笑意。

他有一雙如三月煙雨般矇矓又含情脈脈的眸子，聲若鶯啼，有些清冷，卻又令人好感叢生，確實是個妙人兒。

莫怪韓子清能在小倌館中做了二十年清倌人，鴇母都沒動過讓他賣身的念頭。

也莫怪昨日染翠會說出那席話，不說與韓子清攀比，他定然也沒有那種心思，可在這等絕色面前不把自己捯飭好了確實寒磣，染翠這慣愛臭美的人，哪能忍受得了？

「大人是黑參將吧？」韓子清也很快注意到落在後頭的黑兒，抬手拱了拱，「沒想到黑參將會一塊兒前來草民的居所，沒能外出迎接，怠慢您了。」

「在下黑兒，韓公子太過多禮了。」黑兒連忙拱手回應。

這話中的意思韓子清聽明白了，意思是黑兒並非以南疆軍參將的身分來訪，而是染翠身邊的隨從。既如此，韓子清也不再多禮。他與染翠多年好友，儘管平日裡無法經常相見，書信往來卻是未曾斷過的，自然沒有生分這回事。

「你啊你，其實不需要特意過來，我就是隨口一問。這一路上正逢三伏天，你要是病倒了，我怎麼同董公子交代？」

韓子清點了點染翠的翹翹鼻尖，嘴上說得埋怨，眉眼間卻都是親暱與歡喜。

「我哪有這麼病弱？過去幾年我滿大夏跑的時候，三伏天不也都在路上奔波嘛？」染翠撇撇唇，他是富貴身子沒錯，可也沒大家說的那般嬌氣啊！甚至，他感覺自己身子挺好的，否則哪能五年跑透大半個大夏呢？

他還想著，這幾年權且當作休養，待大夏境內鯤鵬社開得差不多了，興許能去海外瞧瞧。要知道「鵬之背，不知其幾千里也。怒而飛，其翼若垂天之雲」，一個大夏還不夠安放這隻鵬鳥呢！

韓子清輕笑搖頭，卻也沒多與染翠爭辯。

「你沒事就好，不過這一路舟車勞頓，何時到盧滙縣的？」說著，一邊招呼兩人在擺放於門廊一角的藤編桌椅落坐，桌上已經擺了冷飲及點心，裝著冷飲的竹筒外凝結著水珠，欲落不落的，看了就讓人沁涼。

「昨日就到了，想著歇一天再來見你。你不知道我昨日多憔悴，哪有臉跑來你跟前顯擺啊？」染翠道。

「你從小就是這樣，總把自己拾掇得乾乾淨淨，不像普通孩子那般頑皮。」韓子清笑出聲，語氣中難掩一絲懷念。

認真說起來，染翠小時候的模樣也確實只有韓子清見過且記得了。那時候他們身陷在小倌館中，生死都掌握在別人手裡，萬般不由人。

「我小時候是那樣嗎？我怎麼不記得了。」染翠歪了歪腦袋，他記憶中自己是跟著義父回到

京城之後，才總算開始重視表相的。

那時年紀大了，正值年少慕艾的年歲，加之京城是首善之都，邋邋遢遢怕會丟了義父的臉，這才開始對打扮上了心。在那之前他可是鄉里間有名的野孩子。

當時他與義父住在鄉村小鎮裡，左鄰右舍都是農人，就他和義父沒田產，靠的是義父開私塾收束脩過日子。明明家裡開的是私塾，可當時的染翠並不愛讀書，讓他坐在桌前學那些個童蒙書籍，簡直要了他的命。

芎宜是個景色秀麗的小鎮，土地極其肥沃，一年能收兩次稻米，算是個頗為富裕的鎮子，所以願意送孩子上學的人家也多，義父和他的小日子可以說過得很滋潤。

而染翠天天在外頭野，義父能教村子裡最蠢鈍的孩子讀書識字，甚至還背完了整本《三字經》，連《千字文》都背過半了，卻拿染翠一點辦法也沒有。

那時候才十歲的染翠壓根是隻皮猴子，縱使他義父脾氣好性格軟和，也曾被他氣得提著衣襬追了半個鎮子，就為了擰他一把耳朵。

可讓染翠說，他就是覺得讀書無趣。什麼聖賢之言，諸子百家的，就是傳說故事但凡寫成了書，他都沒興趣。外頭天氣多好啊！

芎宜是個四季如春的地方，夏日不過熱，冬日不過冷，能拿來玩的東西滿山遍野，就沒人比染翠更知道在什麼時節、在哪裡掏到的鳥蛋更多。

他義父恨鐵不成鋼啊！染翠聰明腦子轉得又快，這樣三天打魚五天曬網的，除了一手字練不起來外，竟也將學問做成了八九分，要是參加科考，起碼能有個秀才乃至於舉人的功名。

那真是開玩笑，染翠當時還不滿十五歲，便義正詞嚴地對義父道：「您真是想多了，就憑我那一手狗爬字，考官別說閱卷了，剛瞅著第一眼就會命人拿去燒了吧。我反正也算識字了，不就夠了嗎？」

他義父險些沒被當場氣死，可惜天生性子軟，就是氣極了也只能脹紅了臉用手指著張著大眼一臉無辜的染翠，半晌才顫抖地吐出一句話：「所以你才不肯練字嗎？」

「倒也不是。」染翠一口否認，坦然得很：「義父啊，你忘了嗎？我的戶籍隨你啊！你不能科考，我也不能啊！我就是討厭寫字罷了，廢手。」

他義父摀著胸口，嘴唇開開合合，腦中似乎有千言萬語，卻一句都說不出口，最後只能憤憤地甩袖敗走。

因為字太醜，就是想罰染翠抄書都沒辦法，抄出來了還得分辨寫了些什麼，究竟是懲罰誰呢？最後只能不了了之。

而染翠至今都不愛寫字，寧可找阿蒙、于恩華當自己的筆。多好，廢別人的手，要什麼字體沒有？

這點小事，染翠過去沒說過，今兒心血來潮當成笑談講出來，可把韓子清逗樂了，用圓扇半掩著臉，一雙美眸笑得彎彎。

「你還是頭一回和我說起這些事情……」可一會兒後，韓子清斂去笑容，輕輕嘆口氣。

「當年我沒能幫到你，只能任由鴇母把你帶走，過了幾個月後才聽說你逃走了。」

「你說這話我就不愛聽了，我小時候沒有你，不見得能過得多好，還能長到被鴇母惦記上，可見你把我養得多好看。」

染翠對韓子清皺了下眉，這可是真心話，就如先前他與黑兒說過那般，事實是他欠了韓子清，沒有韓子清的庇護，他能不能活過三歲都是問題。

往事如煙，再說那段歲月也並沒什麼值得追憶，都是些回想起來令人心頭鬱鬱的過往。

韓子清也從善如流地撇開這些事，問道：「你今天來拜訪我，肯定有什麼打算吧？」

染翠是個大忙人，韓子清可太清楚了。他們剛重逢那時候，他一時沒認出染翠就是因為當時染翠忙著拓展分社，神情嚴肅匆忙，加之總在四處奔波，睡不好也吃不夠，兩頰都略略凹陷了，顯得一雙勾人的狐狸眼更加燦亮奪目，引得他多看了兩眼，這才被染翠主動認出來了。

所以原本他寄帖子給染翠，也不認為他會來參加自個兒的結契禮，不過是想知會一聲，也算分些喜氣出去。

卻不想，染翠不但人來了，還提早三天來探望自己。韓子清慣會窺情審勢，自然能猜到染翠這次來意不單純。

「也沒什麼，就是想見見你的契弟罷了。」染翠也不拐彎抹角，直接交了底。

「我也不瞞著你，咱們短則兩個月，長則半年都會通一封信，你前一封信還是孤家寡人的，說想去善堂領養個孩子，這樣孩子有人照顧能過上好日子，你也有人能送終了，是個兩全其美的好法子。」

「是，我原本是如此打算。」韓子清點點頭。

他是喜歡孩子的，所以當年才會收留了哭得像隻小花貓般的染翠。

可惜他年紀輕輕就進了小倌館，及至離開了也搞不清自己究竟喜歡男子還是女子，索性就別去禍害人了，自己一人過日子也挺好。

可年歲漸長，眼看自己離天命之年越來越近，心裡也不免生起了些許倉皇。他一生宛如無根浮萍，將來死了，竟連個能替他上香的人都沒有。午夜夢迴，這個念頭揮之不去，他輾轉反側整整三天睡不好覺，這才興起收養孩子的主意。

這些話，他毫無保留全寫在信裡，染翠是知道的。

也因此才感到費解。

「我就奇了，你寄來的帖子離那封信才三個月，怎麼突然就有了想結契的對象？盧滙縣儘管男風頗盛，卻也沒到有冰人專程為男子說媒的地步，我怕……你是不是被人給騙了。」

染翠這也並非無的放矢，他見識過太多了，歡場中人看似薄情，實則多情者眾，又因為大半輩子都被輕賤糟蹋，反而更容易被一點點微不足道的溫情給沖昏腦子。也不是沒有自以為尋到了可執手一生的良人，咬牙替自己贖了身後，半年不到就又被賣回窯館的事情。

在染翠看來，韓子清就是頭肥羊。年紀雖大了些依然長得好看，身邊卻無人相伴，一輩子沒遇上真心人，日子難免孤獨，偏偏手上還有不少錢財，就算韓子清向來拎得清，可難保不會遇上命中的煞星。

韓子清微微瞠大美目，似乎沒想到染翠說得這般明白，心頭一暖卻也覺得好笑。他心目中，染翠還是那個小小的孩子。

猶記得兩人初次相見，他注意到了一個粉雕玉琢的娃娃，穿著一身翠綠的衣衫，料子並不好，顏色也陳舊了，卻還是那麼玉雪可愛。

這小娃娃靜靜地哭了一陣子，在注意到他的目光後，把臉埋進了曲起的膝蓋間，可不一會兒，又抬起了小腦袋，臉上的淚痕已經抹乾淨了，要不是眼角鼻尖都是通紅的，誰會知道他剛剛才痛哭了一場呢？

三歲的年紀真的太小了，韓子清稍微打聽了一下才知道，原本鴇母並不願意買下這個孩子，要不是孩子的娘親幾乎算直接把孩子送給小倌館，而這娃娃又實在長得太好，這才鬆了口。

不過，收是收下了，三歲的孩子啥事也幹不了，養死了也可惜，依照慣例才會請韓子清在內的幾個正逢花季的公子來挑人，算是認個義子，管吃管住也管教養，等年歲夠了且相貌上等，鴇

母就會把人帶走，真正訓練成一個小倌兒。

只是一般來說，公子們都不肯收養這種義子，這不是活生生養大將來搶自己恩客的敵手嗎？若是長得醜也罷，權當養個心腹僕役，可像染翠這種打小就漂亮的孩子，誰會要？

偏偏韓子清收留了染翠，見他一身翠綠衣衫，乾脆起名翠兒。

幾名與他爭奪頭牌位置的公子在一旁交頭接耳，嘲笑他虛偽愚蠢，給自己收養了個禍害，也不知是不是腦子被門夾了。

韓子清並不當一回事，他早看透了這吃人的地方。沒有人能永遠青春美麗，花季總會過去，且短得令人心驚。這些爭搶都是毫無意義的，他們的命運從來也不掌握在自己手上，今天他風光無限，改日也許就落魄潦倒，還不如順著本心而過。

他養了染翠整整四年，看著小娃娃慢慢抽高，從圓墩墩的粉團子，到七歲時已經是個看得出日後絕代風華的漂亮孩子。他與染翠的第一段緣分就斷在這處，鴇母來要人了，他不能不給，卻也沒想到從此相別十多年。

也許因為如此，韓子清與染翠重逢後，儘管明白眼前容貌極妍的人已不是當年的小娃娃，而是個精明幹練，手上握有一個幾乎遍布大夏的祕密結社且產業無數的成年男子，他還是免不了用當年養孩子的心情對待染翠。

歲月當真不饒人啊……

「我明白你的顧慮……」韓子清心裡熨貼，並不覺得染翠冒犯了自己。

「也是，我該讓你見見要和我結契的人才是，說起來，這個人你說不準也還記得他。」

說著，韓子清招來管家，低聲交代他去領文少爺過來。

這話說得染翠一愣，韓子清雖然養了他四年，兩人重逢後又交往了數年，然而他與韓子清身邊的人都沒有來往，僅僅知道有哪些人，這還是透過探子打聽來的消息。

不過韓子清畢竟是朋友，除了剛開始兩年，後來他也沒再讓探子繼續打聽了，一時還真猜不到韓子清說的會是誰。

管家回來得很快，後頭跟著個身著青灰色衣衫的高䠷男子。

男人幾乎有黑兒那般高，身型矯健精實，走起路來像隻貓似的，幾乎聽不見足音，來到眾人面前後，他先對韓子清笑了，雙眸中帶著光，不用言語就能感覺得到他的歡喜與喜歡。

兩人眼神交纏了一瞬，這才有些戀戀不捨地將目光移向染翠與黑兒，眼裡的那股子溫柔全然消失，餘下的只有矜貴與淡漠。

「翠兒，許久未見。」男人的聲音清越，帶著一種從骨子裡透出來的清冷，讓人感覺自己平白矮了一頭似的。

在看清楚男人的臉之後，染翠猛然瞠大雙眼，怔忪了片刻倏地站起身，動作之大連黑兒都被驚動了，連忙跟著起身，用手扶了扶他的腰，免得人萬一踉蹌一下摔著可就糟了。

「文、文素問！」染翠難得失態地喊出男人的名字，他確實還記得眼前的人！

第三章　你能不能逃出這吃人的地方，要看自個兒的造化

有些事，早在他離開子清公子之前就有了計較，
開弓沒有回頭箭，
咬著牙他也得把心裡的籌謀走到底，
就算撞上了南牆，他也會想法子把那面牆給拆了。

前一晚，鴇母已經派人來知會過了，說是今天一早，讓翠兒把東西收拾好，該挪地方住了。

翠兒是子清公子的貼身小廝，子清公子是曾經的頭牌，如今也依然是清倌人。翠兒今年將將七歲年紀，正是調教身子的好年歲。

說是一早，但小倌館做的是夜裡的營生，要到天亮了把客人送走才會關門歇業，午時之前大夥兒都正歇著，一般要到用午飯的時候才會陸陸續續醒來。

然而翠兒剛到巳時就醒了，睜著一雙又圓又亮、眼尾微勾的狐狸眼看著自己住了四年的臥室房頂，半晌都沒動。

屬於他的行李物什，昨晚都收拾妥貼了，只等龜公來叫人，便可拎上了跟著走，往後他要挪到靜園中屬於自己的小房間住了。

「翠兒。」和他同睡一房的朱兒不知怎的也醒了過來，兩人都是子清公子的小廝，不過朱兒比翠兒晚來了兩年，但年紀倒是大了快五歲，很快就要十二歲了。

「朱兒，你怎麼不再睡一會兒？還沒到你醒來的時候。」翠兒側過腦袋，輕聲輕氣地道。

「翠兒。」朱兒又喚了一聲，卻什麼也沒說，神情有些苦，眼中微微泛著紅，入睡前應當是哭過的。

「欸。」翠兒年紀雖小，卻比朱兒要沉穩許多，他下了床，爬上朱兒的床，伸手摟了摟他，「別難過，我這是去過好日子了。」

儘管是安慰人的話，可也不能說全然不對。翠兒此去，只要乖乖聽鴇母的話，好好接受教養，待到十三、四歲便可以待價而沽了。若他能像子清公子那樣當個清倌，或著就算必須賣身，可只要將老爺們服侍好了，金銀珠寶、綾羅綢緞，要什麼沒有呢？

朱兒沒回話，只是低低抽泣了兩聲。

和翠兒不同，朱兒被賣進來本就只是當個僕役，簽的也是活契而非死契，可不像翠兒整個人都是屬於小倌館的，命也好、運也好、眼下也好、未來也罷，都是拿捏在鴇母手中，半分都別想掙脫。

「你要是想我了，也可以去靜園見我呀！我問過錢叔了，只要乖乖聽話，好好完成日課，每個月有兩天能見朋友呢。」

錢叔就是管理他們靜園裡這些受調教孩子們的龜公，晚些會來接他走。

翠兒也不知道這些話到底可不可信，左右拿來安撫朱兒是夠用了。

「我會帶你喜歡吃的梨花糖去看你。」朱兒哽咽地許諾。

他也不傻，靜園名字好聽，其實是個吃人不吐骨頭的地方，多少孩子根本沒能全鬚全尾地離開那兒，別說成為小倌了，連僕役都當不成。

「好呀，我等你。」翠兒笑嘻嘻地用袖子抹了抹朱兒的臉，安慰道：「你看看你，像隻小花貓似的。」

朱兒緊緊抱住了翠兒又小又軟的身子，他記得自己剛來時很不適應，小倌館裡的所聞所見與外頭差別太大了，他才進門兩天就被一個喝醉酒亂闖的老爺給嚇壞了，差點被人輕薄，龜公也沒上前阻攔，還有點樂見其成的意思，要不是恰好遇上子清公子身邊的翠兒，他想自己也不會過上如今安穩的日子。

明明翠兒還這麼小，他最小的妹妹也不過就這個年紀。

可朱兒也知道，自己幫不了翠兒什麼，連子清公子都無能為力啊！

「再睡一會兒吧！以後只有你一個人照顧子清哥哥了，你可得多長點心。」翠兒一下一下拍撫朱兒的背，輕柔的聲音像隻小夜鶯，朱兒的眼漸漸沉重起來，不知不覺就睡過去了。

安撫好了朱兒，翠兒又爬回自己的床，輕輕撫摸著床單與被褥，這都是他用了好久的物什，用的都是上好的料子，這四年來連顆毛球都沒起，摸上去還是柔軟滑順的，可惜帶不走了……或者說，帶走了也沒啥意思。

就這樣躺著躺著，有人敲了敲房門，他慢吞吞起身去開門，果然是錢叔。

「東西都收拾好了吧？」錢叔年紀其實不大，聽說才三十多，一張枯樹般的面皮，左臉長了顆大大的痣，三角眼、尖下巴，遠看像老鼠，近看像成精的老鼠，聲音尖細語速又快，小倌館裡的人都有些怵他。

「好了，麻煩錢叔了。」翠兒卻不怎麼怕他，總是笑吟吟地同錢叔說話，乖巧得緊。

錢叔點點頭，正要把人領走，突然停下腳步問道：「你不去同子清公子說一聲？」

「昨夜說過了。」翠兒細聲細氣地回道。

其實從昨晚開始子清公子就避開了他，翠兒知道子清公子這是感覺愧對自己，卻又有心無力，何苦徒增傷心呢？

「那好。」錢叔又點點頭，吩咐道：「跟好，路上我會同你把規矩說清楚，待進了靜園，可別犯錯。」

「翠兒知道了。」七歲的孩子低眉斂目，那副聽憑處置的模樣令錢叔極為滿意，心想不愧是從小在店裡長大的娃，懂事多了。

路途不過兩刻鍾，錢叔也是能說，整道上都沒停下嘴，也因為靜園規矩多，要鉅細靡遺全說清楚也不容易，一般人聽過一回是記不住的，但翠兒記住了。

終於到了靜園，錢叔領他到一整排的小屋前，指著其中一間屋子，「以後你就睡這兒了。」

「知道了。」

「適才說的規矩都記清楚了嗎？」錢叔又問。

「這……」翠兒脹紅了小臉，滿是羞恥回道：「翠兒傻，只記得了三成。」

「三成啊……也算過得去。」錢叔倒不意外，且不說靜園的規矩繁雜又刁鑽，他當年整整背了兩個月才從頭到尾一條不漏，這才兩刻鐘還是在路上說的，一般娃子多半僅能記住一成。

「幾個大規矩你記牢了。一則別想逃走，你的賣身契在老闆手上，很快就能把你逮回來，到時候就在你臉上烙個印子，讓你一輩子跑不了。二則要聽話，我說什麼你就做什麼，別頂撞也別同我犟，否則抽你大耳刮子。三則好好學習，咱們教的都是你未來傍身的倚仗，想穿綾羅綢緞吃山珍海味，都看你學得好不好。」

「翠兒知道了。」

見眼前雪白粉嫩的孩子乖巧又順從，錢叔怎麼看怎麼滿意，便又點撥了幾句話這才離開。

翠兒目送他遠去，才推門走入自己的屋子。

屋子不大，僅有方寸，倒是收拾得乾乾淨淨，床椅櫃子一應俱全，還有個小窗，正對著南方，陽光不容易落入，屋頂又比普通屋子更低些，顯得房子很是逼仄。

不過翠兒也不介意，睡哪裡不是睡呢？他如今要煩惱的事情，可不是容身之所舒不舒適。靜園的日子不能說苦，翠兒年紀還小，鴇母又特別看好他，像他這般乖巧又漂亮的孩子可不多，養得好會是棵搖錢樹。

於是第一個月，翠兒學的都是些琴棋書畫的才藝，下了學後錢叔會帶他去見識見識別人如何「練身子」，也當作給他透點底，省得事到臨頭不識好歹。

「你可知『五字訣』？」一日，錢叔突然這麼問。

「翠兒不知道。」小少年半仰著腦袋，恰如其分地露出三分好奇、三分掙扎、三分故作鎮定與一分崇拜的神情瞅著錢叔。

「所謂五字訣，就是香，暖，緊，油，活。」錢叔露出一抹猥瑣又得意的笑容，對翠兒的崇拜很是受用。

蓋因男子交媾之時走不了水路，故而只能走旱道，這五字訣就是對旱道的要求。

「你知道旱道是哪兒吧？」錢叔笑問。

翠兒先是愣了愣，猛地脹紅一張小臉，點頭也不是不點也不是，小腦袋垂著快埋進胸口了。

錢叔一看自然明白他懂得，更是說得興致勃勃了。

「你聽好了，這香，說的是那身後菊必須香噴噴的，嗅起來像朵花，斷不能有什麼髒的臭的毀了老爺的興致；暖，說的是這朵肉花得暖乎乎的，越燙越好；這緊自不待言，把老爺的物什吞進去後必須得嚴絲合縫，否則像個破布袋一樣，誰樂意入呢；油，說的是這旱道得會出水才行，一般人的旱道自然不會出水，必須得練到滑中帶澀，越插越潤的地步才行；而最後一字活，練的就是肛口的靈活，要能像張嘴一樣吸吸吮吮，這才能令人欲仙欲死。」

翠兒聽著心裡巨震，他知道錢叔不會莫名提這一嘴，應當是拐著彎告訴他，用不了多久便要開始調教他的身後菊了。

他年紀畢竟小，掩飾不住臉上的蒼白與抗拒，又不想被錢叔看出來，只得垂著腦袋假裝自己聽得害臊。

「錢栒子。」正當翠兒腦中空白，一時想不出能如何應付錢叔的時候，不遠處傳了一個清冷的聲音，叫著錢叔的名字。

「唷！什麼風竟把素問公子吹來了！」

錢叔立即換上一臉討好的笑，朝出聲的公子迎了過去。

「我來靜園待幾日。」被稱為素問公子的是個約莫十四、五歲的少年，氣息清貴，相貌絕佳，簡直像畫裡走出來的貴公子，饒是翠兒見慣了子清公子，這會兒也看迷了眼。

聽了他的回答，錢叔的笑容一僵，可很快又恢復原樣，熱絡道：「靜園確實是個清修的好地方，我帶你找間屋子暫住幾日？」

「那邊的孩子，你叫什麼名字？」素問公子卻不理會錢叔，逕直對翠兒問道。

「我、我叫翠兒。」小孩兒連忙低下頭，耳朵卻紅了。

「就讓我住他旁邊的屋子吧。」素問公子不容置疑地說。

錢叔諾諾答應，使個眼色讓翠兒把人帶走。

靜園除了是調教小倌的地方，同時也是懲罰小倌館中不守規矩的公子、僕役的地方。

素問公子會來到靜園，可見是犯了事，惹怒了鴇母。

依照規矩，本該由兩個打手將人押來，看是要吊起來抽一頓還是別的什麼方式懲罰，不過素問公子是目前的頭牌公子，拜臣無數，鴇母可不敢傷到這棵搖錢樹，只能聊勝於無地發配他來靜園過幾天苦日子，叫他知道些好歹便是。

翠兒是知道素問公子的，不過這才頭一回見面。說起來，素問公子和他還算是有點淵源。

原本小倌館裡的頭牌長年來都是子清公子，可去年卻被人從頭牌位置上給蹶下了，成為新頭牌的不是別人，正是眼前的素問公子。也因為子清公子丟了原本的地位，這才保不住翠兒。

「我見過你。」素問公子被領到屋前時，突然出聲道。

「素問公子是在何處見過翠兒？」小孩兒訝異地問。他以為兩人並沒什麼能相互瞧見的時後，畢竟子清公子與素問公子並不對付，翠兒倒是見過素問公子身邊的小廝幾回，對方鼻孔抬得比雙眼都高了。

「遠遠見過一眼。」素問公子淡淡道。

這話講不下去啊……翠兒努力沒露出苦笑，他聽說過素問公子清貴冷傲，如今一見果然名不虛傳。

「素問公子，屋子裡該有的都有，您要是有什麼不滿意或缺了什麼，可以告訴我，我去問錢叔討。」翠兒也著實無心應付素問公子這個冰美人，他自己都泥菩薩過江。再說了，素問公子的日子可比他好過得多，也輪不到他操心。

「韓子清沒有留下你？」誰知，素問公子竟還挺有嘮嗑的興致，翠兒剛想邁出離開的腳步，只得停下來。

「子清公子對翠兒不薄。」

什麼留不留，這也不是子清公子能拿定的主意，這素問公子真討人厭。

「你倒是個明白人……」素問公子有些意外地盯著翠兒好一會兒，直把小孩兒看得想找個地縫躲起來，才又開口：「你心裡什麼章程？」

這沒頭沒腦的問題，翠兒是真的回答不了，滿眼疑惑地回望素問公子，躊躇：「這……敢問公子是什麼意思？翠兒駑鈍，聽不明白。」

「我適才聽見了，錢枸子同你說了五字訣的事。」素問公子語尾剛落，似乎留意到兩人站在屋外說話過於傻氣了，便伸手擋了下阻止翠兒回話，「先去你屋裡坐著說。」

「欸……」翠兒腦子脹脹的，他確實為了五字訣事情心神不安，可又關素問公子什麼干係？進到屋中，翠兒先倒了杯水給素問公子，自己才倒了杯慢慢啜飲。

素問公子淡淡瞥了茶杯一眼，像翠兒這樣的小孩兒，屋裡的茶壺裡裝的是最普通的涼水，雖說好歹是煮過的不至於喝了拉肚子，但素問公子平日裡喝的都是市面上數一數二的好茶，自然沒

打算委屈自己到這種程度。但他也沒直接下翠兒的面子，反而端起茶杯抿了口。

「你想當清倌人或是服侍人？」素問公子先開了口，問得挺明白了。

翠兒沒料到他會這麼問，也不明白他怎麼就對自己的事情上了心，兩人這還是頭一回說話呢！一時沒聽到回答，素問公子也不催促，手上把玩著半滿的杯子，靜靜等待。

「我……」翠兒怯怯地盯著素問公子，一點都不敢別開眼，小心翼翼地審視，就怕其中有什麼陷阱等著他跳。

「我覺得清倌人挺好，像子清公子那樣……」

素問挑了下眉，分明是再普通不過的神情，翠兒的心卻狠狠突了突，有種被嚴厲的教養師父挑到錯處時的那種畏縮。

「你離開前，子清沒教你什麼嗎？」

有怎麼著，沒有又怎麼著？翠兒不敢也不想回答，只得故作無辜傻愣，睜著一雙嬌俏的狐狸眼與素問公子對望。

見了他這副模樣，素問公子反倒笑了。

「你倒靈巧……也罷，既然你想當清倌人，就好好學韓子清的神態模樣，並非誰都能有他的風情。」說罷，素問公子起身離開，動作快得翠兒都沒回過味來，人已經消失了。

不過這句話他倒是聽進心裡，確實，子清公子是最好的參照……至於他會不會在離開靜園後搶了子清公子的生計，害得他日子更難過呢？

翠兒垂下腦袋，掩住了唇邊冷漠的笑，小手用力握了握。

有些事，早在他離開子清公子之前就有了計較，開弓沒有回頭箭，咬著牙他也得把心裡的籌謀走到底，就算撞上了南牆，他也會想法子把那面牆給拆了。

日子就這樣一天天過，翠兒在子清公子身邊多年，腦子又靈活聰慧，經素問公子提點之後，便刻意模仿起子清公子。

就是舞藝一道上他的天賦沒有韓子清高，雖然能跳得比一般人好些，甚至幾個舞藝的師父都挺稱讚他，不過在鴇母看來還是不夠的。

所幸，翠兒歌喉極佳，能稱得上黃鶯出谷且餘音繞梁，對鴇母來說倒是個好苗子。

左右翠兒年紀尚幼，還大有可為，鴇母也是個眼光長遠的，才會願意讓子清公子一直當著清倌人，此時便也不急著對翠兒怎麼著，姑且當成清倌人培養著也行。

轉眼又過去了兩個月，某日翠兒剛下了學，回屋的路上腦子還轉著適才學到的舞步身姿，身子也跟著一跳一跳，頗有點沉浸其中不可自拔的模樣。

卻在此時，一股濃濃的血腥味飄過鼻尖，那氣味濃烈又黏稠，不但引起了他的注意，還險些讓他吐了。

他連忙摀住口鼻，強忍著陣陣乾嘔，循著氣味找了過去。

味道，是從他左邊的屋子裡傳出的。

他正想上前查看，突然聽到有腳步聲往外走，便連忙竄進了自己的屋子裡，往地上一趴，藉著門檻的遮擋往外張望。

走出來的是兩個身穿打手服飾的高大男子，四條露出來的臂膀粗壯得宛如千年老樹，膚色黝黑且上頭經脈盤結，光只一見就讓人哆嗦。兩人手上都有血漬，看得出胡亂抹掉的痕跡，衣服因

為顏色極深，乍看下沒什麼不對勁，可仔細再看幾眼，就會發現許多地方都被黏稠的液體浸得濕透了，從氣味判斷肯定是血。

翠兒的心緊緊縮起，那麼多的血，若只是從一個人身上流出來，那人還有多久能活？他控制不住地發抖，又怕牙關打顫的聲音會被聽見，連忙死死咬著牙，不一會兒，嘴裡都是淺淡的鐵腥味。

他住的屋子左右都沒住人，只有兩個月前素問公子短短住了三日便離開，後來他聽錢叔抱怨過幾次才知道，素問公子稱得上是靜園的常客，一兩月就會得罪某個老爺，要不是這會兒正受人追捧，鴇母不得不忍氣吞聲，哪能這麼簡單放過他呢？

「那小賤人以為自己如今還是個官家公子嗎？呸！哪日老爺們不想捧著他了，有他好看！非狠狠抽一頓，讓他學個乖！」末了錢叔惡狠狠地啐道，轉頭用扭曲的笑容對翠兒說：「小翠兒你是聰明的，也是個安分的，好好學著子清公子些，將來有你好日子過。」

翠兒垂著腦袋諾諾答應，他心裡既羨慕素問公子的傲氣，但又覺得這人是不是傻的？俗話說胳膊擰不過大腿，素問公子如今也不過十四歲，這年紀雖不能說是個孩子，卻也多半仍在父母羽翼下過活兒。

而他們都是無根浮萍，風往哪裡吹他們就只能往哪裡飄，乖巧些和順些讓自己的日子好過點不是比較好嗎？起碼不遭罪啊！

不過這些念頭也只在翠兒腦中一晃而逝，他顧著自己都費盡心力了，每天過得和走吊索一樣膽戰心驚，哪還有擔心他人的餘裕呢？

如今兩個月過去了，他在靜園裡不清楚外頭的事情，可卻知道一般來靜園受罰的人並不住在這排小屋裡，另有地方安置。

眼下在他左邊屋中的人顯然被打了，傷得也很重，卻依然被挪來這處小屋，可見鴇母還是很上心，沒想真的把人弄死弄殘。

能被如此看重的人……也只有素問公子了吧？

想到此處，翠兒更專注聽著外頭兩個打手的談話，心裡躊躇了起來。

兩個男人說著要找人來照看屋裡的人，可靜園一般人不能隨便進，而裡頭那尊大佛又難侍候，誰空得出手照料？

商量了一會兒仍沒個結果，語氣都煩躁起來，大有乾脆隨人自生自滅的意思。

聽到此處翠兒也肯定了，隔壁屋子裡就是素問公子。

說起來，先前也虧得素問公子的提點，翠兒才躲過了「練身子」這檔子事。這份情他記在心裡，眼下正是報答的好機會……於是他咬咬牙，深吸了一口氣，往屋子裡爬深了點才起身，拍了拍身上的塵土，拎起半滿的茶壺往外走。

剛走出門呢，就與兩個打手以及這會兒才從素問屋子裡出來的錢叔照上了面。

「錢叔，兩位哥哥。」染翠乖乖巧巧地叫了人。

「唷！小翠兒！你來得正好！」一見著他，錢叔雙眼就發亮，滿臉喜色地招呼他過來。

「錢叔，你有事情交代翠兒嗎？」小孩兒心裡發虛，掌心裡都是冷汗，緊緊地捏著茶壺的提手，硌得掌心發疼也渾然不覺，面上卻像沒事人一般，彷彿連血腥味都沒嗅著。

錢叔自然更加滿意。他知道翠兒不是沒意識到這頭發生了什麼事，卻聰明地選擇視而不見，是個機靈的娃娃。

「下學啦？」錢叔親熱地問道。

「下學了。」染翠靦腆地笑笑，即便被兩個滿臉橫肉的高大打手瞅著，也只作不見，對兩人

也笑了笑。

「你還記得素問公子吧？」這話自然不是詢問，而是提醒。

「錢叔提點過翠兒的話，翠兒都記著呢。」小孩兒眨著一雙燦亮的狐狸眼，看起來更乖了。

錢叔點點頭，「素問公子這些日子需要人服侍，你手巧又細緻，這活兒算錢叔麻煩你承接下，我回頭同老闆說一聲，讓他免你這些天的日課。」

「知道了。」心裡猛地鬆了一口氣，所幸事情如他所願，臉上的笑容更甜了。

錢叔只當小孩兒免了幾天的課，心裡樂著呢！果然是孩子心性。

既然事情交代下來了，錢叔也沒打算多留，他在裡頭忙了一陣，被血腥味薰得頭暈，只感覺晦氣得要死，扭頭帶著兩個打手離開了。

翠兒見人消失在暮色中，這才敢用手摀住了胸膛，整個人腿軟地蹲在地上大口喘了好幾口氣，總算緩了過來。

他也不拖拉，當即進了素問公子的屋子，被撲面而來的血腥味衝得沒忍住乾嘔了幾聲，趕緊摸出帕子摀住口鼻，才又往裡走。

這間屋子和他的屋子一樣，房頂低、朝南開的窗小小一扇，桌椅床被櫃子一樣不少，桌上擺了不少藥，翠兒不大識字，所幸包藥的油紙上都畫了小人圖，一看便知道哪些是內服、哪些是外敷，還有一個用過的臉盆及帕子，都被血汙染得怵目驚心。

床上躺著一個人，胸口起伏微弱，他小心地靠上前，果然看到素問公子慘白的臉龐。

「臉倒是一點都沒傷著……」翠兒苦笑，對小倌館來說，他們最有價值的就是這張臉了，若想毀了一個人，只消在臉上動手，輕易就能除掉一個對手。

素問正昏迷著，身上的衣衫被打得破破爛爛，血糊糊地和傷口簡直分不出來。看來是故意不脫衣打，這樣破裂的衣料會被鮮血沾在傷口上，等清理傷口時還得再受一次罪。但話說回來，這種打法也比較不容易留疤。

翠兒茫然了一陣，他年紀尚小，著實沒見過如此慘烈的傷口，一時間完全不知道自己該如何動手才是。

「總之，先把衣裳給脫了吧……」翠兒喃喃自語，先去打了一盆乾淨的水，卻一時找不到可以用來擦拭的巾子，想了想他回自己屋中，從衣櫃深處挖出了個小布包，打開來是件小小的翠綠色衣衫，被洗得乾乾淨淨，雖然舊了但料子依然很好，摸上去柔軟細膩。

這是他當年進小倌館穿的衣衫，子清公子替他洗乾淨了，讓他收好。他一直妥貼的將這件衣裳收藏起來，離開韓子清的時候都沒忘了帶上，也不知道為了什麼。

那時他很小，他記得這件衣裳是他娘裁了自己一件翠綠的舊衣，量著他的身子親手縫製的。他娘手藝很好，針眼細密，極為合身，穿在身上雖然不夠保暖，卻很舒服。

他開心極了，在那天之前他和娘過了一段不怎麼安穩的日子，那段日子娘的心情一直不好，不怎麼待見他，瞅著他時臉上從未有過笑容，就是他再依戀母親，小時候也有點畏懼娘親那雙明媚的眼眸。

但娘還是替他做了這身衣服，好漂亮、好舒服的衣服，接著他娘說要帶他去個地方，最後他被留在了小倌館中。

眼下都什麼時候了，想這些事情又有何用？這件衣裳對他娘來說，大抵和獄卒送的斷頭飯差不多意思，可他過去就是割捨不下。

四年多了，其實也足夠了。

翠兒拿出剪子，俐落地把衣衫給剪成了一塊一塊，全拿到素問的房裡，毫不心疼地用來替他

擦拭血汙。

好不容易將素問的衣裳都剝去了，翠兒仔細地開始為傷口上藥。就這樣勤勤懇懇地照料了兩天多，第三天午後翠兒洗完了弄髒的布，拿去外頭曬著，回屋後靠在素問床邊打盹，心想著若是人再不醒來，得去和錢叔說一聲，請大夫來看看才成。

「水……」床上傳來嘶啞的聲音，翠兒猛地醒過來，定睛確認素問確實醒了，連忙倒來一杯涼水餵他。

小命總算是保住了，翠兒也鬆了一口氣，儘管素問依然很虛弱，但再將養個十天半個月應當可以大好。

素問醒來後，看見身邊服侍的人是翠兒，臉上是藏不住的意外，眉心微微蹙著，半晌才啞聲道了謝。

翠兒也不居功，小聲對他說只是還他提點自己的人情。

「是嗎……」聽了小孩兒這麼說，素問卻有些愣愣的，也不知怎麼了。

翠兒沒有多探究，終歸來說他與素問公子仍是萍水相逢，將來也難說還會不會再說上話。

「素問公子，我替你熬個米湯先墊墊胃。」說罷，翠兒就離開忙碌去了。

往後數日，素問公子的身體漸漸養好，也不知為什麼逮著翠兒說起了過去種種。

他說，自己本是官家子弟，祖上三代都在朝為官，到他父親這一輩，功名不顯，只當了個知府，不過他祖父仍在京為官，官拜禮部左侍郎，依然算得上名門望族、鐘鳴鼎食之家。

後來他祖父乞骸歸鄉，一家人從京城移居到這個地方，也算過得和和美美，兄弟妯娌間就算沒到相親相愛，也都相安無事。

可惜，兩年前，他家被朝中大臣牽連，一塊兒被抄了。犯事的那個人是他祖父的學生，究竟犯了怎樣的重罪才會惹得龍顏震怒竟連抄十族，素問並不知道。他那時才十二歲，半大不小的年紀，被父母如珠如寶地養著，一回過神來便已經被小倌館給買了。

「你說我驕傲也罷，不識好歹也罷，可我總是我爺爺的孫子、爹爹的兒子。」末了他這麼說，為自己的前生下了定論。

翠兒坐在床邊納鞋底，他離開子清公子那兒時入秋不久，如今已經快過年了。素問看來會在靜園過年，畢竟人還沒將養好，鴇母那兒似乎也還憋著氣，沒打算這麼快讓人回去。

究竟素問這回怎麼被打得如此悽慘，他沒說，翠兒就不問。

他也沒開口安慰素問，個人有個人的緣法，有些事情自己想不開，任旁人說什麼也沒有用。

「公子，我也替你做雙鞋吧？你喜歡什麼花樣的？」索性把話題繞開，這都快過年了，還是得開開心心地過個年才是。

「多謝，你別替我費心。」素問難得對翠兒都露一抹微笑，簡直猶如春暖花開，冰雪消融了似的，翠兒看得臉都紅了，連忙垂下腦袋遮掩。

「你可以去和錢枸子說，我屋裡有些料子不錯的布，讓他都拿來給你。年關近了，你給自己做幾身新衣吧。」

「多謝素問公子。」翠兒也不推辭，心裡盤算著拿到布後先替素問公子做一身衣服，若還有餘布便替朱兒也做一件，他自己倒是不缺這些東西。

得了他的請託，錢叔倒是沒推辭，畢竟這些日子多虧翠兒照料素問，他來見過幾次，別說人被養得挺好，臉色都紅潤了，一身肌膚羊脂玉般，就是錢叔看了都有些心頭癢癢，鴇母那兒總算能交代過去。

拿到布料那天翠兒正在屋子裡裁布料，素問剛睡下不久，他離開一會兒也不打緊。孰料，他才剛順著樣子把布料裁好，正想洗把臉上床睡一會兒，素問房裡就傳來尖叫斥罵的聲音。

翠兒嚇了一大跳，連忙跑過去看，就見一個華服男子背著門站在素問房裡，身上似乎被茶水濺得濕了好幾處，在腳邊砸了一個一個水滴痕跡，而素問則摔倒在地上，手上抓著茶杯摔碎的陶片，鮮血從掌心蔓延開來，蒼白的臉龐在明明暗暗的燭光下看起來竟有些扭曲。

翠兒猛地摀住嘴憋住聲息，他想上前扶起素問，可素問已經看到他了，精巧的下顎隱隱揚了下，這是叫他安靜離開別被屋中華服男子發現。

咬咬牙，翠兒退出屋子。他雖然怕素問出事，但屋中男子顯然身分不一般，否則也進不了靜園。很快屋裡傳出男人滿是惡意的調笑聲，說的那些下流話翠兒都沒耳聽，反倒一直沒有素問的聲音，讓翠兒在屋外急得不行。

他原想找錢叔來，可猛然驚覺不對，屋內的男子不管是誰，指定都是鴇母放進來的，他要是不守在這裡伺機行動，素問就真的求助無門了。

「小爺我肏死你！」囂張肆意的一聲喝，震得屋外翠兒臉色慘白，他畢竟才七歲，根本救不了任何人。

淚水不知怎麼就流了滿臉，他心裡想進去幫素問，雙腿卻如千斤重，一動也動不了，他以為自己是害怕，可隨著素問的淒慘叫聲傳入耳中，翠兒明白了，自己固然怕，但更多的是一種在這吃人的地方養出來的漠然。

素問與他不過相處了幾日，先前的人情也還了，他得保住自己。

男人張狂的笑聲與汙言穢語，參雜著素問不再清冷的哭喊怒罵，響了好一陣子。翠兒就站在屋外默默地流著淚，動都沒動一步。

也不知過了多久，翠兒聽見往外的腳步聲，他立即躲回自己屋中，透過門縫往外瞧，他看不清楚華服男子的樣貌，卻能從他的姿態感受到男人的饜足與得意，離開前男人還對地上啐了口，不屑地哼了聲道：「婊子就是婊子，裝什麼清高。」

遠遠的，翠兒似乎看見錢叔迎向男人的身影，但夜深了月光黯淡，他其實也看不清楚。

隔著薄薄的牆板，他不確定自己是否聽見了素問的哭聲，他等了一會兒才打了一盆水，走進素問屋裡。

原本清雅如高嶺之花令人不敢褻玩的人兒，這會兒慘然躺在冰涼的地上，雙眼空洞地盯著小小的窗，也不知道他看到了些什麼，臉上殘留著淚痕，眼尾卻早已乾了。

桌上的蠟燭只剩最後一段，燭光似乎要滅了，奄奄一息地搖晃著。

翠兒找出新的蠟燭點上，總算讓屋子裡堂亮起來。

「他說過年前會來贖我回去。」素問喃喃開口，語氣冷淡得不像才剛橫遭暴行。

「你不能拒絕嗎？」像素問公子這種頭牌，是可以拒絕贖身的。

「不能。」素問回答，接著哼了一聲，諷笑：「若是能攀上他這等高枝，侍菊那賤人還不美死了。」侍菊是鴇母的名字，翠兒還是頭一回聽見說話文雅的素問罵粗話。

「我替你拾掇拾掇吧？」翠兒不欲多說什麼，小心翼翼扶起了素問，吭哧吭哧好不容易才把人挪回床上。

萬幸床褥都是乾淨的，總算能讓素問好好歇息。

兩人接下來都沒再說話，翠兒沉默地把素問上上下下都收拾乾淨了，傷處也抹上了藥膏，意外的素問那處傷得不重，翠兒猛地想起五字訣。

「你其實想逃走對吧？」眼看他要離開，素問突然平地一聲雷，震得翠兒灑了手中的水盆，連轉頭看一眼素問的勇氣都沒有。

「我頭一天見到你就知道了，你不是問我在哪裡見過你的嗎？」

翠兒控制不住地渾身顫抖，他努力壓抑，牙齒卻喀喀響個沒完，小小的臉蛋完全失去血色，白得像個死人。

「我猜那時候你已經知道自己要被送來靜園了，所以躲在銀杏樹附近的一個石頭凹裡哭了一會兒，然後下定決心要逃走是嗎？」素問對翠兒的驚懼置若罔聞，淡淡接著說：「我在自己臉上看過那種神情，所以猜到了。」

「你……」翠兒深吸了幾口氣，勉強控制住牙關，好不容易才用力憋出一句話：「你想同錢叔告發我嗎？」

「為什麼要？」素問清冷的眸子看向翠兒，接著綻放出一抹笑，「翠兒，三天後的夜裡會有個機會，你要是把握住了就能逃走。」

翠兒不敢回話，直勾勾地看著笑靨如朝華的素問，分辨不出這究竟是真話還是一個陷阱。素問是不是破罐子破摔？想拖他一起下水？要知道，且不說逃走被抓回來，就是有逃走的想法被知道了，他都沒有好果子吃，輕則一頓鞭子，重則不但臉上被烙印，沒兩年他可能就會被賣給尋芳客，成為最下等那種賣屁股的小倌，和一團爛肉也沒有分別了。

「我只能給你一個逃出靜園的機會，可能不能逃出這吃人的地方，要看你自個兒的造化了。」素問嘆了口氣，「你回去吧，我不需要你照料了。」

翠兒想，自己也許能信素問。

他沒打算帶走什麼東西，只有一包他一天天省下後曬成乾的饅頭，天氣已經冷了，饅頭可以放一段時間，勉強能當作乾糧用。

果然三天後，素問公子的屋子走了水，三更半夜的，要不是翠兒等著素問說的「機會」而沒入睡，恐怕得等火燒到自己屋裡了才會驚醒。

不多久，靜園就亂得跟鍋煮糊的粥似的，火勢著實太大，房子又是一整排相連著，燒得根本停不下來，翠兒用泥土把自己抹得灰頭土臉，連去看一眼素問是否逃出火場的機會都沒有，趁著亂逃出了靜園……

第四章　我一直很想你……翠兒

「你還能記得我嗎？小翠兒。」

長久以來，他不敢問也不願意問，

如今還是沒忍住，在染翠昏睡的時候偷偷問出口。

黑兒不願深想自己對染翠究竟是何心思，

他知道有些不對勁，也許他應該離染翠遠點才是，可是……

儘管染翠與文素問已有二十年不見，那張曾經秀若春華、俊美如畫中仙的臉龐，現在將近一半都是火燒過留下的疤痕，染翠依然一眼把人給認出來了。

他已很久沒回想起七歲那年在靜園短短三個月的時光，也一直不敢想當年素問公子究竟死了還是活著，直到今日。

聽染翠喊出自己的名字，文素問露出一抹淺笑，周身的淡漠瞬間散去七八分，「沒想到你還記得我。」

「是啊……我也沒想到……」染翠人還愣愣的。

黑兒在一旁沒開口，環在他腰上的手臂緊了緊，總算讓染翠勉強有種找到主心骨的安心。

「沒想到你會遇上子清兒……」

不不，更聳人聽聞的難道不該是當年被認為王不見王、彼此不對付的子清公子與素問公子要結契了嗎？兩人就這樣勾搭上了？

染翠覺得自己彷彿在作夢，整個人都暈暈乎乎的，也顧不得失不失禮，盯著文素問怎麼也挪不開眼。

文素問也不介意，他施施然走到韓子清身邊，牽起對方的手，兩人相視笑了笑，並肩落坐。

染翠也被黑兒攬著再次坐下，黑兒見他還沒緩過神，拿起裝冷飲的竹筒，自己先嗅了嗅，一股子紫蘇的味道，應當是紫蘇飲，染翠喜歡這酸香甜的氣味，不得不說韓子清確實細緻。

「喝一點？」他將竹筒湊到染翠唇邊。

「欸……」染翠應了聲，就著竹筒啜了兩口紫蘇飲，懵懵的腦子一口氣被冰得神清氣爽，直接就緩過神了。

震驚過後是驚喜，文素問與韓子清也算般配，染翠沒問當年文素問怎麼了，後來又是如何離

開靜園和小倌館，畢竟臉都燒壞了，依照鴇母的秉性，說不定連叫大夫給文素問療傷都沒有，直接把人裹了扔去亂葬崗都有可能。

如今結契大喜在即，染翠可不是個沒眼色的，沒必要非刨根究柢不可，那都是前塵往事了，現在日子過得好也就夠了。

幾人之間並無隔閡，就連沉默寡言的黑兒也在韓子清的關照下，滔滔不絕講了些行軍打仗中發生的奇事，可說是賓主盡歡。

直到吃過了晚飯，眼看月斜星疏，染翠才意猶未盡地起身告辭。

幾人互相送了送，等黑兒及染翠坐上牛車離開時，都已經亥時了。

染翠撩起車簾，路上行人已經不多了，初秋的晚風帶著涼意，吹在身上是有些冷的，染翠撈過黑兒的手臂環著自己的腰，人幾乎整個都縮進男子寬厚溫暖的懷抱中。

「我今天很高興。」染翠輕聲道，氣息裡帶著淡淡的酒氣，他今晚喝得有些多，即便是水君子也讓他幾乎醉了。

可他就是高興，說不出的開心。

「你和文公子有故？」黑兒也感受到染翠異乎尋常的高興，他想問卻不知道染翠願不願意說，於是只得這麼旁敲側擊地問問。

「有故，也有恩。」

染翠又往黑兒懷裡縮了縮，難得男人沒急著推開自己，必須要得寸進尺。

他幾乎整個人都被黑兒裹住了，兩人呼吸交纏，他側著頭看見的是黑兒的側臉，兩人離得近，所以連剛毅的下顎上冒出了短髭也能看得極為清楚，染翠把臉頰貼上去，有些麻癢。

黑兒還是沒躲開，興許是他今日也高興吧。

靜默相依了片刻，染翠開口把他與文素心的過往一股腦說給黑兒聽，他們之間的事情說長不長，說短也不短，等牛車在盧滙分社後門停下時，染翠恰好說到他與文素心二十年前最後見的那一面。

車夫知道兩人話還沒說完，便也不心急，還機靈地下車避到一旁。

等說完了自己在大火中逃走之後，染翠長長吁了一口氣，彷彿有某種壓在心上的東西，噗一聲隨這口氣消散了。

「文公子的性子也是剛烈。」黑兒沉默了片刻才嘆息道。

他胸口正麻麻地疼，先前聽聞染翠與韓子清的淵源時，雖然也心疼，更多的卻是憤怒。卻不想那日染翠是挑著最無關緊要的事同他說，他控制不住排山倒海湧出的心疼，今日更多的是後怕而非氣恨。

「是啊……能狠下心毀了自己的臉，甚至不惜把命也搭進去，我倒是做不到他那般決絕。」染翠當時才七歲，他謀劃著逃跑，其實心裡是沒底的。

畢竟當時他待在小倌館裡的時日，比他在外頭過的日子要多上許多，雖然經常外出替子清兒買些點心物什，但見識畢竟有限。

要不是文素問那一把火，染翠也說不準自己何時能從小倌館逃走，說不定早被抓回去打安分了，或成為最低賤的玩物也難說。

後來他流浪了數個月，也不是沒動心起念再把自己賣回小倌館裡的。

「你不會的。」黑兒輕撫著他纖細的背脊，將人嚴絲合縫地扣在懷中，「你是有福氣的人，後來不就遇上了董公子嗎？」

「這倒是……」染翠半垂眼簾，黑兒看不見他的神情，但也不介意。

黑兒與染翠交情很深，明白他並非自怨自艾之人，往事已矣，不需要胡思亂想些沒發生過的事情給自己添堵。

「好啦！我們快下車吧！福子在外頭吹了半宿風了，該讓他好好歇息歇息。」染翠說的是車夫，今夜確實是難為他了，這短短兩刻鐘路程硬生生走了差不多半個時辰，這會兒還守在外頭呢！

黑兒應了聲好，跳下車將染翠扶下來，車夫福子見狀立刻靠上前。

「今晚讓你費心了，明兒去和小李掌櫃領個酒錢，就當我請你吃酒吧。」染翠對手裡人向來大方，該賞的時候從來不小氣。

福子的臉上都快笑出朵花來了，連連與大掌櫃道謝，喜孜孜將牛車牽走了。

隨後黑兒將染翠送回幽篁小院，親自替他燒了水沐浴，裡裡外外忙碌了一會兒，總算把人服侍好了。

酒氣被熱水一蒸，染翠原本還想調戲調戲黑兒，這會兒人卻軟綿綿地趴在浴池邊，兩頰融融宛若春華又如朝霞，一雙明豔的狐狸眼也朦朦朧朧，彷彿有光芒碎在其中，目光流轉間簡直勾魂攝魄。

黑兒深深地抽了一口氣，用盡了畢生功力才用內力壓制住自己展翅欲飛的金鵰，後背都被汗水給浸透了。

可他不能放著染翠離開，小狐狸顯然是被酒勁給醉倒了，他若是不盯著點，就怕這熱水泡著泡著，把人給淹了怎麼辦？

「對啦，我再過幾日就要和丘天禾見面了。」染翠突然道。

跪坐在浴池邊守著染翠，免得他把自己淹死的黑兒，鐵塔一般的身子猛地僵住。

染翠嗤嗤輕笑，「滿月那兒是否查到了什麼？」

並未。

黑兒面色冷硬，雙眸卻是空洞的，也不知看著哪裡。

「我都查不到的東西，我怎麼就不信滿月能查到呢？」約莫是醉了酒，染翠的嘴也難得鬆了，嘀咕著似乎挺不待見滿月。

黑兒想：這也難說，滿月畢竟是局外人，保不定能覓著什麼染翠身在其中未能留意的地方呢？畢竟，滿月腦子那是真好。

不過這些話黑兒就是醉到腦子糊成一鍋粥，也絕對不會同染翠說出口的！染翠面上定然笑笑，私下可不會讓他好過。

他們初識那會兒染翠不喜歡自己，鼻子不是鼻子、眼睛不是眼睛的，只差沒見面就拿白眼招呼他。別的不說，他被忽悠著帶吳幸子離開鎮南將軍府時，裡頭雖也有滿月手筆，可最後被架上校演場揍了三個月的人只有他，雖說武藝精進確實一日千里，但他寧可不要。

「你怎麼不說話呢？」染翠不高興了，用手在黑兒腿上戳了戳，硬梆梆的險些沒折了自己的指頭。

「唉，你下水來陪我。」熱水一泡，就是黑兒這滿身腱子肉也得軟吧？

「不用，你差不多該起身了，泡久了又得著涼。」

要不怎麼說染翠富貴身子？不禁冷、不禁熱，涼風吹多了輕則鬧肚子，重則病上兩天，黑兒也不解他是哪來的能耐跑遍幾乎整個大夏？

「好吧……」就算醉了，染翠也不會同自己的身子過不去。

他朝黑兒伸手，笑吟吟地看著男人滿臉無奈，耳垂都紅透了，卻還是把自己從浴池裡撈出

來，用大巾子裹住擦乾了身上的水。

在黑兒的照料下，染翠很快穿上衣服，一頭濕髮也被黑兒麻利地絞乾，上身半點沒被沾濕。

「先睡吧，有什麼事明兒再說。」一面對難得喝醉酒的染翠，黑兒熟練地使出拖字訣。

染翠確實昏昏欲睡了，他雙眸半閉，懶得自己走回臥房，直接撲進黑兒懷裡，臉頰在他胸膛上磨了磨，「架！」

好傢伙，這是直接把人當坐騎使了。

可黑兒還能怎麼辦？

人是被自己寵出來的，無論是否被當成坐騎，左右要做的都是一樣的事情。

一把將人打橫抱起，染翠熟門熟路把腦袋枕上黑兒頸窩，打了個小小的哈欠。

「先別睡，上床了再好好歇著。」話雖如此，黑兒卻不自覺壓低了聲音，低沉的聲音比冬日的被子還暖和溫柔，染翠直接睡了過去。

聽著耳邊小小的鼾聲，黑兒的腳步放得更輕了。

既是故人又是恩人的結契大禮，染翠的隨禮大到韓子清和文素問兩人都不敢收。畢竟，他送了百兩銀子外，還送了一間鋪子。

這可不是什麼隨便的鋪子，而是金飾鋪。

染翠可是打聽好了，文素問在火場中傷了臉後之所以能九死一生，得虧有個路過的金工匠救了他的命，並在他痊癒後收為弟子。文素問為人能吃苦又膽大心細，且在金工一道上竟頗有天賦，加上打小從富貴環境裡磨鍊出的眼光，所製作的器物飾品短短時間內便聲名遠揚。

他原本是跟著師傅待在更南方的縣城討生活，但那個地方小，文素問做的東西太精緻，誠實的說有價無市。

可要他做些樸素平凡的尋常物件，他師傅又覺得浪費了他的手藝。

這不，索性一拍腦門，師徒二人遷居到盧滙縣，這才讓文素問與韓子清碰上了面。

如今，文素問在綠柳巷的一個雕金工坊做事，頗受東家的看重。不過，他畢竟是外來的新工匠，東家再看重他也不能掠過店裡原本的老工匠提拔他，只能不高不低的待著，頗有些有志難伸的抑鬱。

恰巧，染翠在縣城裡也有間金飾鋪子，和綠柳巷一東一西，與韓子清的住所離得不算特別遠，還算方便。

染翠送禮時也老實說了，他手下沒有精於金工的工匠，以致於這間鋪子生意平平，賣的都是些便宜的小玩意兒，盧滙縣城在整個大夏都是排得上名號的繁華大縣，如此普通的小飾物，尋常百姓也沒那個習慣去店裡挑選，既然文素問有技藝傍身，乾脆拍板送給文素問當賀禮，也算借花獻佛吧！

文素問推辭了幾次都拗不過染翠，只得滿心感激地收下這個大禮，但也說染翠依然入股，每年分三成利錢給他。

染翠無可無不可，但為讓文韓二人安心，也就答應下來了。

後來這間鋪子在文韓二人手中，發展得熱火朝天，成了盧滙縣乃至鄰近數個縣城都赫赫有名的金飾鋪子，年年把染翠的荷包塞得滿滿當當，小金庫永遠不愁沒錢的事情，眼下三人是誰都沒料到的。

興許是了結了壓在心底的一樁憾事，也或許是因為入秋後天氣逐漸宜人，染翠整個人神清氣爽，主動承接下盧滙分社的事務，讓大小李掌櫃更能勻出手腳去管理其他產業。

眼看與丘天禾約定的日子就快到了，染翠不懷好意地又詢問了黑兒一回有沒有收到滿月的來信，黑兒無奈搖頭，看著小狐狸驕矜地揚眉，抬起小巧精緻的下顎，用鼻孔對自己哼了一聲。

可以說是非常挑釁了。

但也著實非常可愛，黑兒沒能忍住把人摟進懷裡搓揉了兩把。

這一抱就沒能鬆手了，染翠舒舒服服攤在他身上，腦袋枕著他的肩頭，別說有多愜意。

來到盧滙縣後，黑兒習慣上午陪染翠用完早飯後，就去找大李掌櫃學點機關術，兩人已經鼓搗出一套設計圖，正打算找個閒置的院子測試，如若能成，明年染翠就能不那麼苦夏了。

用午飯時，通常是整個分社的掌事們一塊兒用，夥計則分兩批輪流用飯，大夥兒吃的都是廚房做的大鍋菜，求的就是個簡單不費時間，往往用餐時大小李掌櫃也沒能安心吃飯，總有許多雜事需要請示他們定奪，或與他們商量。

最清閒的當屬染翠與黑兒等主僕四人，午飯後還能睡個午覺。

不過通常只有染翠睡，阿蒙及于恩華會去街上走走，黑兒雖不睡但會陪在染翠身邊，替他打扇、驅趕蚊蟲，有時見人魘住了便會拍拍睡到縮成一團的青年後背，或用粗礪乾燥的手指輕柔地撫平他眉心褶皺。

通常半個時辰左右染翠就會醒來，睡得迷迷糊糊的人，兩頰紅融融的，狐狸眼惺忪地半瞇著，直愣愣瞅著身邊男人，緩緩打個小哈欠。

「醒了？」

人本來就在懷裡，黑兒緊了緊搭在染翠肩上的手臂，輕輕晃了晃，兩三下後染翠眼中的茫然盡數退去，換上了一抹嗔怒，掙出黑兒懷抱。

「我可不是小娃娃了，晃什麼呢！」說著低聲啐了口。

黑兒聞言低聲輕笑，卻也沒多說什麼，省得撩撥了染翠的脾氣。這小祖宗一旦心裡不爽快，他就得遭罪，這點眼色黑兒還是有的。

「笑什麼呢……」染翠對黑兒齜了齜牙，簡直像個三歲小娃娃，渾然沒有半分鯤鵬社大掌櫃的從容精明。稍微睡亂的髮散落了幾縷，更增添了幾許慵懶與嬌憨。

「笑大掌櫃果然長得好看，就是一頭亂髮都比常人順眼得多。」黑兒不是個油嘴滑舌的人，但也不妨礙他偶爾腦子一抽，嘴花花兩句。

他確實看染翠順眼，這些年來還越瞧越順眼。

染翠白了他一眼，卻也不急著重新整理好儀容。他在自個兒的地方時，經常不穿鞋子還披頭散髮的，怎麼散漫怎麼來，他身邊的人誰不知道？黑兒一開始還會叨唸幾句，近一年已經養成了視而不見的好功夫。

也是難為黑兒了，他半生戎馬，軍中那些小兵不論，升到他這等地位的人，外表必須得收拾得板板正正、嚴嚴整整。

大夏軍律白紙黑字寫著：衣著不整、姿容不端有礙觀瞻者，罰軍棍十下。

他早已習慣管束底下人的儀容，乍然出現染翠這樣任性肆意的存在，黑兒也並非沒想過要扳正，到頭來他唯一做得到的就是在染翠要外出時多盯著點。

「去，看不慣就替我梳頭。」張牙舞爪的小狐狸用爪子在男人胸膛上撓了兩把，再一腳把人

踢開，可說是非常囂張跋扈了。

黑兒笑著應了聲好，拿了梳子回來握起染翠一頭濃密烏黑如綢緞般的髮，小心翼翼地梳順。

「再過一日我就要與丘天禾見面了。」染翠應當是無聊了，他這人閒不下來，不找些事情做總覺得心慌。

可偏偏，這個月的《鯤鵬誌》異常容易編纂，全大夏總共才增加了二十個新會員，舊會員那兒不知是不是天氣太熱了，於是沒了交友的心思，竟連一個順利交上鴿友的都沒有。

再加上儘管染翠接手了盧匯分社的部分事務，可大小李掌櫃可是有兩個人的，管事們也都幹練麻利，染大掌櫃實則毫無作用。於是這才不到初五呢，竟然已經閒到白日讀書寫字，夜裡撲螢喝茶的地步。

要知道，染翠這人現在雖然不若小時候厭煩看書，喜歡看些話本、遊記之類的雜書，但依然很厭煩寫字的，這些天他會找字帖來臨摹，可見閒到了什麼程度。

所以儘管黑兒努力不去撞他的槍桿子，可染翠偶爾還是心裡不爽快，就得找個人耍玩耍玩才行。通常，這只能是黑兒。

黑兒真真是無奈至極，他知道染翠與關山盡不對付，連帶對滿月也沒好臉色，可兩人先前不是合作設計了王白山與曾玉章兩人嗎？

他也是這些日子才斷斷續續透過與染翠的閒談得知，當初非得去招惹王白山還是滿月提的主意，為的就是拔除馬面城裡的毒瘤。

畢竟明面上，走律法是辦不了王白山的，那就只能私底下——照染翠喝著紫蘇飲，笑吟吟地口吐芝蘭說法——弄死這個癟犢子。

當然，順道替黑兒出口怨氣。

原來染翠卻也不待見滿月嗎？這些日子就沒少陰陽怪氣的提幾句。

「哎呀，我可期待滿副將的手段了，你說今兒或明兒亥時前，你收不收得到密信呀？我可是約了丘天禾後日巳時相見呢。」

這話說的，饒是黑兒脾氣再好，也沒忍住白了小狐狸一眼。

染翠側頭朝黑兒一瞥，恰好就對上了這個白眼，樂得笑出聲來，也不管一頭青絲才剛梳整齊了，轉身撲進男人懷裡一通蹭，把黑兒的外衣都蹭亂了，最後兩人一塊兒倒在榻上，染翠伸手抽掉黑兒的髮簪，誰也別想端著個規規矩矩的模樣。

「做什麼！」黑兒伸手推搡，但又不敢真的用力，只能眼睜睜任由染翠得逞，才聊勝於無地扣住做完亂的兩隻爪子，省得小狐狸繼續瘋。

「你生氣啦？」手被抓住了不打緊，染翠像隻蠕動的毛蟲，趴在黑兒精壯的身軀上一點一點向上挪，直到兩人四目相對。

男人虎軀巨震，強忍著沒將身上軟乎乎的身子甩開，可也僵直了全然不敢動彈一下，只覺得自己整個前身暖乎乎又麻癢麻癢的，一種說不出的感覺直衝腦門，他耳裡嗡的一聲，霎時間只能聽見自己擂鼓般的心跳聲、粗重的呼吸聲，還有染翠壞心眼的輕笑。

小狐狸哪能感受不到男人高大的身軀緊繃得像張拉滿的弓？他笑得賊兮兮蔫壞蔫壞，張嘴在男人微微顫抖的喉結上啃了一口。

這下可真是火上澆油了，被人侵門踏戶至此，還能忍下去的不是人！

黑兒也不慣著染翠了，腰上一使勁直接翻身把小狐狸壓在身下，兩人雙腿交纏，臍下三吋緊緊貼在一塊兒，滾燙得彷彿著了火似的。

他又不是死了，喉結又是最為敏感之處，這一口咬下去不說，染翠也不知道什麼習性，咬完

還要用舌尖舔兩口，就是太監都能被舔硬了，更何況黑兒麾下金鵰？簡直恨不得一飛衝天。

「你信不信我辦了你？」男人聲音嘶啞，惡狠狠的，暗藏著些許狼狽。

「不信。」染翠才不怕，黑兒在他眼中差不多就是隻紙紮的老虎，不說任由自己捏圓搓扁，但只要不牽扯到南疆軍、不行惡事，那還不是他說什麼黑兒幹什麼嗎？

也就剛到盧滙分社那個晚上，黑兒喝得太醉了，半月見酒勁太強，才讓男人頭一遭糊塗了腦子，主動張口吞了他。

今天可是青天白日，午後時刻，阿蒙及于恩華隨時可能進屋來，染翠才不相信黑兒能幹出什麼出格的事來。

要真幹了……那敢情好，他還不趁機享受一番嗎？

「你真以為我會慣著你？」黑兒擺出一臉凶相，本想用自己精神頭十足的金鵰磨蹭一下染翠的鯤鵬，可終究是忍了下來，只低頭在小狐狸精緻小巧的喉結上回敬了一口。

別說齒印了，甚至都沒見紅。黑兒要是手邊有鏡子瞧瞧自己，定能見到自己喉結上那淺淡卻扎扎實實的兩排細牙印。

染翠可不怕咬壞他，怕的是咬不壞呢！

染翠笑出聲：「來來，黑參將，您快演示演示怎麼不慣著我？」

什麼叫恃寵而驕，這就是恃寵而驕。

不管嘴上臉上多凶狠，這一咬直接暴露了黑兒的色厲內荏。

好吧，黑兒還真不知道該怎麼繼續下去。

他褲襠硬得鼓起，滾燙火熱簡直像根燒火棍，燙得染翠的鯤鵬都蠢動了起來，大有他要不趕緊做點什麼滅滅這隻小狐狸的威風，轉眼就會被蹬鼻子上眼，落了下風。

「要不，我給你支個招？」話說著，染翠一雙長腿也不安分，左腿被黑兒壓著動不了，右腿毫不害臊地曲起頂著男人精實的腰蹭了蹭。

「這是給我支招嗎？」黑兒一手扣著染翠兩隻纖細的腕子，另一隻手按下不規矩的腿。

染翠在自己屋裡那是真的自在，自打有了于恩華這個小廝後，有時連褲子都不穿，說是涼快……涼個屁。

黑兒臉色扭曲地在心裡爆了粗口。

他今日在染翠睡了之後才進屋，所以不知道這小渾蛋竟然赤著兩條腿，這會兒手心上一片細膩軟滑，他像被燒著似地猛縮回手，「你又沒穿褲子！」

「我忘了告訴你。」

染翠眨巴眼，要不是眼神中藏不住的笑意，黑兒都要以為他是真心抱歉了。

怪不得，他就覺得兩人襠部貼在一起的部位異常火熱，還納悶是染翠的衣衫特別薄，還是他這人色慾薰心了。想不到……

「你存心的？」黑兒氣笑了，沒忍住在染翠喉結上又啃了一口，這回用了點力，留下淺淺的紅痕，他看得險些繃不住表情，控制不住咕嘟嚥了口唾沫。

染翠膚色白皙，皮膚還薄，輕易就能留下痕跡。剛來盧滙的那晚黑兒失了心神，第二天才發覺自己在染翠身上留下深深淺淺的掌印，簡直慘不忍睹，卻又讓人看得心頭滾燙。

眼前小巧喉結上的痕跡同樣，一點嫣紅襯得染翠修長的脖子更加纖荏，在雪白的肌膚上猶若白玉微瑕，靡麗又脆弱，讓人恨不得多咬上幾口，索性把人吞進肚了才好。

染翠輕哼了聲，他自然察覺到黑兒目光中的慾望及隱忍，午後這麼無聊的時間，何妨做點有趣的事情打發打發呢？

「我要是存心的，你要罰我嗎？黑參將。」短短一句話，說是勾魂攝魄都不為過。

黑兒粗重地喘了幾口氣，想著自己其實也不用這麼折騰自己，他與染翠之間玩玩鳥，當真也沒什麼了不得的。

「這是你自找的！」總算過了自己心裡這關，黑兒眼中再無壓抑，濃烈的慾望噴薄而出，幾乎化為實質。

染翠愣了下，發覺自己這會兒攤上了大事，把人給撩撥過頭，恐怕很難全身而退了。

但話說回來，他原本也沒有退的意思，他就怕黑兒進得不夠呢！

「草民冤枉啊！黑參將可悠著點，別辣手摧花。」末了，染翠還不忘頑皮頑皮，赤裸裸的右腿搭上了黑兒的腰，似討好又似挑釁地蹭了蹭男人敏感的腰側。

催什麼都不是催花！哪來這種上趕著被催的嬌花？分明就是隻成精的小狐狸！

黑兒腦子嗡一聲，低頭往染翠的嘴咬過去。

嘴唇有些麻麻的疼。

染翠暈乎乎地想，黑兒適才吃自己的嘴時著實沒有章法，像是一頭餓了許久幾乎瘋狂的野獸，好不容易抓到了總愛虎口奪食，欺負得他團團轉又毫無辦法的小狐狸，總算能一口吞掉解氣又飽食一餐了。

染翠的嘴唇當下就遭了罪，被又吸又啃胡亂地啜了好一會兒，他人都要喘不過氣了，才被放開來。肯定是被咬破了。

可染翠並沒有推拒，他還真有些期待，話都放出來了，黑兒打算怎麼做？

身體軟得幾乎連一根手指都動不了，一隻寬大乾燥的手掌輕柔地撫摸他的臉頰，或用手指梳過他散亂的長髮，精悍的腰卻半點溫情都沒有，狠辣擺動著，熱乎乎的囊袋也跟著粗暴地拍打在他仰起的下顎上。

他的嘴被粗壯肉莖撐開來，男人進得很深，直接將他的腦袋釘在床上，他就算想躲都躲不開，只能任由兒臂粗的玩意兒頂到自己的小舌後，慢慢將自己狹窄的喉嚨也捅開來。

過去不是沒被入得這麼深，可染翠這回有些承受不住，悶悶地發出乾嘔的呻吟聲。

被撐得鼓起一條肉屌痕跡的喉管微微抽搐著，男人下腹的毛髮也隨著抽插，一次一次拍在染翠雙眼發紅的臉上。

他被噎得又咳又嘔，想伸手推搡，可兩隻手都還被黑兒扣著，根本抽不出來，只剩雙腿徒勞地蹬在床褥上，嘴裡的物什依然狠狠地往喉嚨深處又深又重地懟個不停。

口舌乃至喉嚨似乎都被男人大得駭人的物什給肏成了肉套子，唾沫全順著被撐開到極限的嘴角及進進出出的莖身往外流，染翠纖細的脖頸及胸口的衣物都被濕透了，他卻無能為力。

咕嘰咕嘰的水聲迴盪在屋子裡，兩人並沒有拉上床幔，門窗也都是敞開著，激烈的動靜聲早就遠遠傳了出去。

染翠糊成一鍋粥的腦子勉強想到這回事，可他整個人從上到下、從裡到外都被黑兒制住了，很快也沒心神繼續掛念。

男人狠起來，誰都招架不住。黑兒已經完全被慾念控制住理智，他緊繃腰臀的肌肉，堪稱凶殘地奮力擺動，發狂一般用粗大猙獰的肉屌肏幹小狐狸那張粉色柔軟的嘴。

囊袋拍擊在青年形狀優美的下顎上，發出一連串啪啪啪的聲響。

黑兒喘著粗氣，盯著被自己玩弄得眼眶泛紅、雙目失神的染翠，怎麼樣也停不下來，甚至進得越來越深，力道也愈加失控，簡直恨不得把屌長在小狐狸喉嚨裡。

「染翠……翠兒……」黑兒輕聲呢喃：「翠兒……舒服嗎？喜歡嗎？」

染翠早已聽不見他的聲音，神智早就渙散了，緊窄的喉嚨眼不斷被進進出出的龜頭一次又一次的操開，可憐的小舌頭被攪拌得無處可逃，只能順著男人粗暴的動作左歪右斜，隨著男人高興擺動。

「翠兒……我的小翠兒……」黑兒專注地看著染翠，黑眸深處卻帶著一抹茫然，像是藉由染翠看向了另外的某個人似的。

他鬆開染翠的雙腕，一手輕撫著柔滑青絲，一手則扣著青年濕漉漉的下顎往上抬了抬，纖秀的頸子繃得緊緊的，讓男人凶猛的大肉屌能進得更深，動得越發爽快。

被這麼一弄，染翠的呼吸直接停了一瞬，淚紅的雙眼猛地睜大，軟綿綿的身子也緊繃起來，喉頭本能地擠壓吸吮黑兒根盡而入的肉莖，碩大的龜頭幾乎是塞在喉嚨底，彷彿要戳進胸膛裡似的，看起來既可怖又妖媚，刺激得男人的物什更加生龍活虎，抽插的動作絲毫不停，反倒更劇烈地狂肏猛幹。

染翠的身子猛地痙攣起來，雙手胡亂在身軀兩側扭動，肩膀因為被男人壓著動彈不得，細細的腰便加倍地翻滾頂動，秀氣的肉莖不知何時硬了，這會兒也抽搐著狂噴白精，一雙修長的腿在床褥上又踢又蹬，顯然爽得已經喪失了理智。

黑兒任著他抽搐扭動，仍啪啪地幹染翠的嘴，瞅著身下人的眼神貪婪得令人畏懼，早沒有了往日那種沉靜嚴肅。

男人身上的衣物都還是完整的，就拉下了褲頭，相對於他，染翠則幾乎赤裸，只穿了一身裡衣，這會兒衣襟都散開了，露出來的肌膚艷紅一片，眩目得勾人心魂。

他癡迷地看著自己粗長的屌被小小的嘴盡根吞沒，莖身被濕熱的口腔裹著，柔嫩的小舌頭乖順地隨著他的擺動舔舐，敏感的龜頭則被喉嚨夾著死緊不斷收縮吮弄，黑兒早顧不得什麼矜持，也忘了自己刻意與染翠保持隔閡是為了什麼，他覺得自己就是頭發情的野獸，只想不管不顧的交媾，又粗又長的肉莖噗滋噗滋狠命抽動。

染翠只覺得自己被黑兒給操透了，喉嚨不斷鼓起肉屌的形狀，又爽又痛得讓他腦子空白一片，他模模糊糊地想著，自己就不該撩撥過頭，要是被黑兒肏嘴肏死了，他哪來的臉面去陰曹地府呢？

接著他感覺到自己渾身一會痙攣一會兒脫力，黑兒的肉棒太大了，他幾乎無法好好的喘口氣，更別說男人胯下毛髮就懟著自己的臉，每回插到深處時，他就被專屬於黑兒的男性麝香味包裹住，似乎黑兒不只肏他的嘴，還肏了他的腦子。

可儘管被大肉屌對著腦袋肏得狼狽不堪，染翠心裡深處仍暗暗欣喜，他多麼敏銳的一個人，從小就懂得察言觀色，自己與黑兒無論如何親密，就算先前看似把話給說開了，可又如何感受不到黑兒和自己之間彷彿有一層薄薄的膜隔開。

無論他是撒嬌耍賴也好，溫柔熨貼也罷，黑兒的心門實則一直鎖得緊緊的，他們已經熟識到足以靠眼神就知悉對方的思緒，可就是無法真正交心……不，他倒是願意的，但黑兒不願意啊！

而眼下，無論是蠻橫狂野的動作，或者喃喃不成句的低語，還有黑兒自己都沒意識到的，強烈的占有慾，那種恨不得把眼前人吞吃殆盡的狠戾，都令染翠歡喜不已……

「翠兒……把我……吞下肚好不好？」黑兒突兀地停下抽插，寬大厚實的手掌輕輕撫摸染翠被自己的屌撐得圓凸的臉頰，又黑又深的眸子緊緊扣著染翠迷離的雙眸，微啞的低喃令染翠控制

不住的呻吟。

這人……這人怎麼能這樣！

染翠腦子壓根還不清楚，如癡如醉地與黑兒凝望，兩隻秀氣的耳朵紅得幾乎要滴血一般。

「翠兒？」黑兒又喚了一聲，同時把自己的粗長物什往小狐狸嘴中輕輕戳了兩下，引得喉嚨又痙攣起來，乾嘔著擠壓吸吮那壞心眼的玩意兒。

「嗯哼……」染翠含糊地哼了聲，黑兒就當他同意了，滿眼都是喜色。

「你安心，我慢點兒來。」

兩隻手掌一起捧住染翠的腦袋，一次又一次把又大了一圈的肉莖從慢至快頂肏入窄緊的喉管中，並且越戳越重，直把染翠噎得淚眼翻白，身下完全無人撫慰的男根又一次顫抖地支稜起，並在男人最後一次狠狠地戳入喉嚨底，一邊低吼一邊將腥濃的精水射入時，一塊兒洩了。

黑兒射得很多，幹得又極深，白濁精水直接從咽喉滑進了腹中。

男人捧著染翠的腦袋久久沒將肉莖抽出，直到染翠險些背過氣前，才戀戀不捨地退出了那爽得人頭皮發麻的溫柔鄉中。

就算口中的東西離開了，可黑兒幹得太久，染翠整個人都失了神，半晌沒能把嘴闔上，就這樣愣愣地半張的嘴，任由沒吞下的精液混著唾沫從唇角流淌而出。

黑兒粗喘了好一會兒才總算恢復了些許清明，往一旁坐倒，兩人廝混得有些久，雖然未至黃昏，可外頭的日光已然偏斜，他懷疑自己似乎在桌上看到了一個先前沒有的油紙包。

只不過眼下無力深究。

他俯身將身子還微微顫抖著的染翠摟入懷中，來到盧滙縣後，他覺得自己心上的枷鎖鎖頭老是扣不牢，這都第二回了。

粗糙的指腹小心翼翼撫摸過染翠紅腫的雙唇，抹去嘴角不堪入目的痕跡，他感覺自己隱隱有些開心，因為小狐狸這會兒渾身裡裡外外，可都被他打上痕跡了。

「嗯……」似乎被摸疼了，染翠動了動小腦袋，髮絲也跟著晃了晃，在黑兒手背上搔出一片麻癢。

「翠兒……」他鐵鑄般的手臂緊了緊。

染翠這下安穩了，深深吸了口氣後，身子也總算不再抽顫，安安穩穩地睡了過去。

「翠兒……」

在染翠清醒的時候，黑兒時時刻刻提醒自己留心，半點都不敢鬆懈，就怕稍微露出點馬腳，會被染翠順藤摸瓜探查到他心裡藏著的那些個事情。不知不覺間，他都忘記自己曾經這樣喚過懷裡的人。

「你還能記得我嗎？小翠兒。」長久以來，他不敢問也不願意問，如今還是沒忍住，在染翠昏睡的時候偷偷地，問出口。

看著染翠重遇故人，甚至重拾了舊時緣分，黑兒心裡說不出是什麼滋味。

他明白自己當初既然已經下了決定，就應該要貫徹到底，不該心存僥倖甚至開始動搖。並非沒人勸過他，但他思來想去最終選擇了如今這條路，那就再也不能回頭了。

黑兒不願深想自己對染翠究竟是何心思，他知道有些不對勁，也許他應該離染翠遠點才是，可是……

他看著懷裡的人，心裡萬般糾結，腦中有兩個戰得不可開交的聲音混雜著吼叫著。

一個聲音要他順從本心，想要什麼就去拿；另一個聲音則聲嘶力竭地提醒他，當初是為了什麼才遠走他方的……

可他不知道，原來他的小翠兒曾經過得那麼苦，不單單是個流離失所的小乞丐，甚至要在小倌館那種吃人的地方苦苦求生。

無論染翠或翠兒，在他面前都是那般驕縱又任性，總是笑得無憂無慮一般，眼中帶著蔫壞的調皮，但也重感情又心軟……

卻原來，他曾經為了好好活著，逼得自己冷血無情……

大抵就是如此，他沒能把持住自己吧……他太心疼翠兒了，恨不得回到那個夜晚，緊緊地抱著那個倉皇無措，在心裡暗暗痛恨自個兒自私自利的孩子，好生安慰。

終究拗不過自己心裡越發強烈的渴望，黑兒貼在染翠耳邊，親吻一般低語：「我一直很想你……翠兒……」

睡夢中的染翠覺得自己的耳垂像被燙了一下，忍不住縮縮肩膀，含糊地帶著依戀與撒嬌，輕聲說了句：「哥哥，癢……」

第五章　怎麼有人對自己的心意能懵懂到這種地步呢？

「黑參將和大掌櫃之間的事情阿蒙不是說了嗎？他們兩人情到深處卻不自知，放著自然會水到渠成啊！」

「就說別用那種看傻子的眼神看我！他妹妹平日裡多聰明一個人，今天怎麼傻乎乎的？這些話也不是我想說的，我這是受人之託啊！我太無辜了！」

滿月終究沒來信。

黑兒等到晚膳前，就知道明兒染翠外出見丘天禾前，他拿不到任何消息了。

心裡不免鬱悶，也就沒了胃口，草草扒了兩大碗飯，菜都沒怎麼吃兩口，要不是染翠注意到他心不在焉，多替他挾了幾筷子菜，今晚他大概就只靠塞米飯把自己塞個飽吧。

興許意識到黑兒心緒不定，看起來有種山雨欲來的煩躁，染翠乖覺地沒再提滿月與丘天禾，他平日裡喜歡撩撥欺負黑兒，可要是黑兒真的心裡不快，染翠也不會刻意招惹他。

用完了飯，染翠難得沒讓黑兒陪自己，而是叫了于恩華過去。

黑兒心中鬱鬱，索性拉了大李掌櫃一塊兒研究機關圖。

大李掌櫃自然一口答應，他們這兩日研究到了緊要關頭，也已經找到合適的院子，待連繫好了木匠師傅，就能開始大刀闊斧地試驗了。

小李掌櫃忙了一天，原本和手下一個女管事相約去瓦舍看戲，聽人說盧滙縣第一戲班子排布了新戲，幾天前消息就熱熱鬧鬧地傳遍了縣城，多少人翹首盼望著新戲上場呢！

可惜，昨天夜裡瓦舍的戲臺子塌了，寧靜的深夜裡，戲臺崩壞的聲響傳得老遠老遠，好多人在睡夢中被驚醒，還以為發生什麼嚴重的大事，搞得人心惶惶。

所幸，戲臺是深夜崩的，沒有造成任何傷亡，就是暫時得歇業，整頓一番了。

這也就導致小李掌櫃眼下無事可做，乾脆跟大李掌櫃去湊熱鬧了。

兩個男人圍著圖紙又量又畫，說的許多事情小李掌櫃都聽不懂，但她仍然嗑著瓜子，笑吟吟地陪在一旁。

好一陣子後，黑兒與大李似乎商量完了，有了不錯的結果，同時滿意地長吁了口氣，分別拿起桌上的茶水潤喉。

三人不知不覺嘮起嗑，小李掌櫃提到趁著中秋，她想辦個賞月宴，把縣城裡及相鄰幾個村鎮的會員湊一堆，方便大夥兒熟悉熟悉。

「我聽說京城分社經常舉辦詩會茶會之類的活動，讓會員們見上一面，和交鴿友又是另一番不同的氣象。」

黑兒點點頭，「確實，我在京城時陪著染翠辦過幾次詩會，來的人不算多，可氣氛挺熱絡，相互看對眼的人也不少。」

當然，也有人借用詩會搞陰謀詭計，實在不能怪染翠看關山盡不順眼了。

怎麼說都是自己的心血，卻給人拿去當刀子使，沒找人趁機蓋布袋把關山盡拉去暗巷揍一頓，染翠也算是脾氣夠好了。

不如說，染翠就算有心找人打，也無人敢應承啊！

那可是威名赫赫的鎮南大將軍，京城裡即便是一品大員都不敢攖其鋒的狠戾人物，更別說他武功高強，到時候被揍的是誰還難說。

但黑兒顯然沒往這方面想。

「恰好大掌櫃也想交鴿友，正好邀他一塊兒玩玩。」小李掌櫃什麼都想好了，善睞的明眸朝黑兒眨了眨。

一口茶險些哽在喉頭，好一會兒才終於吞下肚。

要不是黑兒內力深厚，恐怕得被嗆出好歹來。

小李掌櫃只當沒看見他臉色莫測，一旁大李掌櫃滿心滿眼都是他的寶貝圖紙，自然更沒留心了。黑兒有些訕訕，又倒了杯茶繼續啜飲，順帶拈了一塊水晶皂米糕進嘴裡。

皂角一般用來沐浴或洗衣，但也有不少地方拿來吃。

盧滙縣的吃法尤其精緻，皂角米煮熟後滑滑糯糯，半透明如同水晶般，一般直接用糖水泡一晚上就能吃。

盧滙縣卻習慣磨成粉後做成糕來吃，一整塊雪白盈潤，周圍是半透明的，越往中央顏色越深，猶如一汪白玉髓，入口味道並不太甜，很多人吃的時候會再淋上蜂蜜或糖蜜。

眼前的水晶皂米糕是鯤鵬社廚娘做的，也不知道是不是分社掌櫃都隨了染翠，全是愛吃又會吃的主，廚娘的手藝個頂個的好，做出的水晶皂米糕甜得恰到好處，無須另外淋上糖蜜吃。

黑兒本就愛吃甜食，染翠在這點上從不虧待他，剛來兩天就交代廚娘每天做兩樣拿手的甜食隨時供幾個人吃。這位廚娘也確實廚藝高超，這些日子來竟日日不重樣，吃得黑兒甚為滿足，幾乎樂不思蜀。

「黑參將明日也會隨大掌櫃一塊兒去嗎？」小李掌櫃又開口問。

「當然。」黑兒回答得毫不遲疑，染翠說了明日巳時與丘天禾約在清涼湖畔的茶館見，他自然得跟著去。畢竟，染翠一直不放心丘天禾這個人，滿月那兒又還沒見著消息，他哪能放兩人單獨見面？

就是染翠自己也不願意吧。

既然說起丘天禾，黑兒心裡索性把心裡的疑問一併提出來：「染翠說當初他本想拒絕讓丘天禾加入鯤鵬社，可是兩位掌櫃卻拍板讓他加入……黑某想請教，細說起來究竟是怎麼一回事？」

話到最後，有些咄咄逼人的意思了。

小李掌櫃慣會察言觀色，立即閉上嘴吞下原本要說的話，杏眸往身邊正傻乎乎地喝茶吃糕的大哥一瞥。

這完全就是禍水東引，黑兒心裡明白，但他更清楚自己應付不了小李掌櫃那張八面玲瓏的巧

嘴，還不如問大李掌櫃這老實人，興許能打探到更多消息。

「大李兄？」黑兒對與自己已經很要好的大李掌櫃笑了笑。

「啥？」大李掌櫃咬著半口糕，眼神愣愣的，顯然對兩人適才說了些什麼半點沒聽進耳裡。

於是黑兒把自己的疑惑又說了一回，只不會上一回面對的是狡猾的小李掌櫃，語氣自然強硬，這回面對的是老實人大李，語調別說有多溫和了。察覺到這等區別對待，小李掌櫃癟著嘴哼了聲，但也不能說什麼。

她眼前的男人看起來穩重寡言，周身氣息很是溫和，可骨子裡的狠戾與血性卻時不時會冒出頭來，她也沒那膽子招惹。

「這件事當時是我拍板的。」大李聽完立即回答。

「你拍板的？為何拍板？」黑兒訝然地蹙起眉，他本以為會是小李掌櫃所為，畢竟平日裡大李並不如何管涉鯤鵬社內務。

「規定。」大李掌櫃想都沒想就答：「當初大掌櫃說了，只要探子沒查出什麼不合規矩的事情，無論想加入的人樣貌如何、家世如何，都可以加入鯤鵬社。」

大李是個老實到古板的人，你讓他見機行事，他做不來。

他唯一能見的機，只有機關術，行得了的事，只有他的機關圖紙。恐怕他一輩子的果斷與聰明，都長到了機關術上去了。

這樣的人有好有壞，壞處自不言明，起碼在做生意上這樣的人非但不是助力，還可能拖後腿。所幸，大李掌櫃有個最大的優點，便是有自知之明，他清楚自己的缺陷，所以向來是妹妹說什麼他做什麼，大掌櫃交代什麼他聽什麼。

「當時我替妹妹整理資料，恰巧見到丘天禾的資料就看了眼，上頭說了，已派探子探查兩次，並無查出不適切之處。」

大李啜了口茶，清了清嘴裡糕點的甜味。

「依照規矩，探查兩次都無不適切之處，那就是可以加入了。所以我就拍了板。」殊不知這件事後來惹得染翠震怒，寫了一封幾千字的信來罵他，又因為寫信的人其實是阿蒙，可憐的小姑娘被主子抓了壯丁，右手險些廢掉，也氣鼓鼓地另外寫了張字條一同送過來。

大李已經記不全染翠當時罵了些什麼，可阿蒙那簡短有力的字條記憶可太深了：他奶奶的你這頭豬八戒！

可話說回來，大李掌櫃也覺得自己很無辜啊！

他明明照社裡的規矩辦事，還問了妹妹一句呢！妹妹當時回應得有些模稜兩可，他哪裡聽得出來？誰知道會被這麼劈頭蓋臉一頓罵？

得知事情原委，黑兒也難得愣然，都不知道要同情大李還是也罵一句不知變通呢？

想了想，黑兒決定不罵，大李就是不懂變通，說到底還是得賴小李，既然大李問過她，她也察覺染翠的疑慮，怎麼不乾脆點讓大李別插手這件事呢？

見黑兒皺眉看了自己一眼，小李不客氣地白他一眼。

「你這是懷疑我坑了我哥哥？想什麼呢！我那時候說了，大掌櫃說不準還會派人再查，不過我也去同街坊打聽過了，都說丘天禾是個好人。我再回報大掌櫃吧。」

誰知道大李掌櫃腦子比榆木還硬，直接就給拍板了？

小李掌櫃察覺不對時，《鯤鵬誌》都出刊了！

黑兒長長嘆口氣，如此看來丘天禾加入鯤鵬社並無隱情，他原本暗暗猜測過，也許大小李中的一個人，或是那幾個管事裡的某個人，對染翠有了貳心。染翠向來用人不疑疑人不用，又念舊

情，黑兒難免擔心他會吃虧。

這些日子他藉著與大李學習機關術的機會，把盧匯分社上上下下的情況摸了個七八分明。照大李所說，當年他與小李是被染翠破格提拔的，原本老闆一見到他們兄妹兩人就打算趕他們走，畢竟那時候小李才不過十歲，大李年紀雖長，但闞成毅識人的眼光太毒辣了，一眼就看出他不堪大用。

那又何必浪費時間考核呢？

最後是染翠出面保了他們，也虧小李確實聰慧，儘管年紀尚小歷練不足，但這是可以磨練出來的，不用急在一時半會兒。

闞成毅這才給了合格。

「誰都能對不起大掌櫃，可我和妹妹不行。」大李認認真真地對黑兒這麼說過。他當時養自己沒問題，卻是養不起妹妹的。偏偏小李從小長得花容月貌，要知道長得好看若是沒生對地方，帶來的就不是榮華富貴，而是會要命的災難。儘管小李年紀尚幼，卻不妨礙有人惦記她。

要不是成為了染翠手下，有了鯤鵬社的照拂後，斷絕了那些窺探的心思，難說小李掌櫃能否平安長成今日瀟灑的大姑娘。

所以說染翠救了這對兄妹的命，絕非言過其實。

因此之故，小李極為崇拜染翠，行事作風都朝染翠靠攏，雖然沒有染翠那種骨子裡透出的慵懶風情，可處事手腕倒是學得透透的。

盧匯分社大小事都由小李一把抓，手下人都是可信賴的，對鯤鵬社忠心耿耿，人貴精不貴多，鐵板一塊兒根本不可能讓外人有可趁之機。

黑兒今日不過是最後由自己確認一次罷了，證實是自己想多了，也安心了不少。

「不過大掌櫃為何如此關注丘天禾啊？」大李搔著腦袋不解。

「天知道呢，大掌櫃自有考量，你還是別想了，左右你也想不透。」小李對自己的哥哥可不客氣。

大李並不覺得妹妹這麼說刻薄，倒是深以為然。

「說得也是，我還是鼓搗機關術就好。中秋過後大掌櫃就要回馬面城了嗎？在那之前得把東西做好才成。」

小李聞言笑著拍了拍哥哥的肩以示讚賞。

「妳適才似乎有話想對我說？」既然這件事揭過去了，黑兒心裡有些過意不去，便把話題再次轉回去。

小李揚了揚眉，頗感意外。

「沒想到你會主動問我……」那就不客氣了。

「這個嘛，有句話小女子不知當講不當講……」

「那就別講。」黑兒俐落乾脆地截斷她。

這可把小李掌櫃噎住了，大眼咕溜溜一轉，氣鼓鼓的。

哪有人這樣的！這種時候難道不應該讓她講嗎？

「可我想說。」沒辦法，小李只能厚著臉皮硬說。

黑兒含笑睨了她眼，偶爾對小姑娘逗逗樂也頗有一番趣味。

「小李掌櫃請說。」不過逗過頭就不好了，畢竟他不可能如同哄著染翠那樣哄小李掌櫃，差不多得了。

小李掌櫃輕快問道：「明兒大掌櫃是去同自己的鴿友見面，鯤鵬社幹的是何種營生，黑參將應當是心知肚明才對？」

恐怕也沒哪個鯤鵬社以外的人比他知道得更深了。黑兒遲疑地點點頭，心裡默默有種不妙的預感。

小李掌櫃滿意地點點頭，「講白了，鯤鵬社就是盼望著會員們都能覓得良人，從此相攜白首。更白了說，這和男女之間的相看是同樣的道理。」

雖說婚姻大事多是「父母之命、媒妁之言」，不過大夏民風在歷朝中尤為開放，不少人家也時興相看或相親這種法子。

一般出現在高門大戶之間，偶爾舉辦些宴會，邀請未婚的姑娘、公子，藉機讓年輕男女見見面，要是有互相看對眼的，回家同父母秉告後，便能讓冰人上門求親了。

話說到這個份上，黑兒哪還有不明白？他愣了愣，眉心狠狠擰起，目光不善地瞪著小李。

雖說見過不少大風大浪，小李掌櫃畢竟還是個雙十年華的姑娘家，驟然被一個久經沙場的軍人狠瞪，心裡那個怵啊！還好她坐在椅子上，否則腿肯定抖得站不住了。

可，話都說出口了，難道還能嚥回去嗎？當然得硬著頭皮說完。

「黑參將，我就問一句，你和咱們大掌櫃是什麼關係？」

黑兒的眸光一下掃過小李掌櫃的頸子，小姑娘有種脖子上架了把刀子的痛麻，臉色都發白了，卻依然強自鎮定。

「與妳何干？」男人低聲回道，氣勢狠戾得彷彿是從無間地獄爬出來的惡鬼，欲朝不敬自己的人痛下殺手。

小李掌櫃猛地嚥下一口唾沫，用力眨了幾次眼才忍住淚花。她自認為見識過足夠的大風大浪，輕易不會被任何人給唬住。

與黑兒也相處了好一陣子了，一直覺得眼前這個男人儘管難掩氣勢，輕易不能招惹，可脾氣還是挺好的，這才敢大著膽子試探。

可直到此時她恍然驚覺，黑兒也許好脾氣，卻也不會容許有人冒犯到自己頭上。誰有那個膽子或毫無眼力地捻虎鬚，他也不會吝惜教人一個乖。

如今，小李掌櫃就這麼撞上槍口，她心裡那個苦啊！要不是為了大掌櫃，她何必做這等吃力不討好的活兒？

勉強穩住了自己的神情，小李掌櫃掛著笑容道：「總歸與大掌櫃之間並無情愛不是？聽說，還是您勸說大掌櫃飛鴿交友的，希望他找個能攜手共度的良人。」

「誰告訴妳的？」黑兒眉心緊鎖，若非顧慮到小李掌櫃是染翠的得力手下，人要是沒了會給染翠添大麻煩，他哪來的耐性繼續同小李掰扯？

「我自有辦法……我只是想勸黑參將一句，您要是聽不進去，小女子也沒有辦法。不過，這干係到大掌櫃將來的日子過得好不好，就看您上不上心了。」

小李的嘴確實伶俐，黑兒一時也無法反駁，只得煩躁地點點頭，示意她繼續說。

小姑娘偷偷喘了幾口氣，仍硬撐著假裝一臉雲淡風輕說：「所謂相看，重要的是兩人獨處。你若是真希望掌櫃找到真心人，就得放他獨自與人會面，否則卡著你這尊大神，他們相處起來也拘謹。」

「我是個小廝，為何不能陪？」黑兒不以為然。

「就常人而言，即便跟著小廝、丫鬟也會暫且支開，只讓他們遠遠跟著吧？」

小李掌櫃簡直被黑兒那般理所當然的態度給弄懵了，她是真不明白，兩人間既然非關情愛，

老這麼跟著又是為了什麼？

要不是真的怵黑兒，她都想抓著黑兒的肩晃，看能不能把人晃得明白點。

這回，黑兒倒像是聽進去了，他依然眉頭緊鎖，周身的氣勢仍令小李膽寒不已，但總歸收斂了一些，沒再拿眼神劃拉人家姑娘纖秀的脖子了。

儘管如此，小李掌櫃心裡仍抖得跟隻鵪鶉似的，面皮上的笑容都快掛不住了，掌心裡後背上全是冷汗，見黑兒半天沒有回應，彷彿被人拿鈍刀子砍頭，人都快撐不住了。

半晌後，黑兒神態一斂，像是想通了什麼，儘管還是明顯有些不快，起碼恢復了往常溫和的模樣。

「多謝小李掌櫃提點，在下明白了。」說罷拱拱手，轉身推門而出。

等人真的走遠了，小李掌櫃像個麵團似地攤倒在桌面上，把大李掌櫃嚇得哆嗦了兩下。

「怎麼了？」他連忙替妹妹搧風。

「你適才都沒察覺黑參將想用眼神宰了你妹妹我嗎？」小李掌櫃那個氣啊！她九死一生，她哥還在神遊物外！

大李掌櫃又嚇了一大跳，連忙問怎麼回事。

這種事，小李掌櫃自然不會瞞著，照實都說了。話落，就見哥哥也皺起眉瞪著自己，臉上寫的都是「我這個妹妹腦子是不是有坑了」。

「別用這種眼神看我！」小李乾脆地給她哥哥一記白眼，氣急敗壞道：「你當我膽子有多大？大掌櫃的事情我都不敢管了，我還敢去捻虎鬚嘛！南疆軍的威名我沒聽過嗎？」

「那妳還說那些話？黑參將和大掌櫃之間的事情阿蒙不是說了嗎？他們兩人情到深處卻不自知，放著自然會水到渠成啊！」

大李掌櫃人是固執腦子又不帶轉彎的，卻不是個傻子。他很清楚黑兒這種人平時稱兄道弟，是個可以深交的人，但卻不能招惹的。

他妹妹平日裡多聰明一個人，今天怎麼傻乎乎的？

「就說別用那種看傻子的眼神看我！這些話也不是我想說的，我這是受人之託啊！我太無辜了！」小李掌櫃跳腳不已，前些日子她收到總社來的八百里加急信件，嚇得還以為總社出了什麼大麻煩。

結果，寄信來的是大掌櫃的義父，鯤鵬社後頭的兩個老闆之一，她自然也是熟悉的。

老闆說了，要她搧個風點個火，好讓這兩人早些認清自己的心意，否則繼續兜兜轉轉下去也不是個辦法。

好吧！老闆都發話了，她一個小小分社掌櫃，自然只能依命行事了。

不過……小李掌櫃不自覺看向黑兒離開的方向，心裡也很費解，怎麼有人對自己的心意能懵懂到這種地步呢？

清涼湖是盧滙縣城近郊的一處名勝，也是盧滙縣境內最大的一處湖泊，煙波浩渺水光瀲灩，一眼竟望不到盡頭。天晴時水面無波，環繞在清涼湖西北兩側的山色便會倒映在水面上，青山碧水交相連，令人恍如置身於仙境之中。

而清涼湖靠近縣城這一側則多了幾絲人間煙火味，臨岸錯落了幾間茶樓，也有打漁的人家搖著漁船擺蕩，或是載著文人墨客遊湖盡覽山光水色。

湖中盛產幾樣特別美味的水產，一種是蝦子，一種是小銀魚，個頭都不大，肉質卻很細膩，味極腴潤卻不膩口，別有一番爽滑的滋味。

幾間茶樓都有各自的拿手做法，互相不侵犯，既維持了各個茶樓間的營收，也滿足了饕客們的口腹之欲，可謂皆大歡喜。

染翠與丘天禾約的便是名為秋水樓的茶館。黑兒一打聽，果然，也是鯤鵬社旗下的產業。茶館中除了一樓大堂外，全是隔開的包廂，當初建得也精巧，幾乎九成包廂都是面朝清涼湖，可以一邊喝茶吃菜，同時飽覽湖光山色，來客絡繹不絕。

染翠沒有特別表明身分，不過既然是鯤鵬社名下產業，裡頭的掌櫃自是認得染翠的。當即便替他安排了最好的包廂之一，位於茶樓第三層，可以眺望得極遠，天光最好的時候，甚至能遠遠地看到湖面上平靜倒映的群山。

不過吧，兩人相約不為看風景，飛鴿交友為了什麼，大夥兒都是明白人。所以這回染翠也沒開口說要帶黑兒乃至于恩華，這讓原本想好了一套拒絕說詞的黑兒有種啞巴吃黃蓮的憋屈。

原來，染翠沒想著要帶他一塊兒嗎？心裡霎時就不得勁了。

見染翠穿了一身翠綠衣衫，打扮得像個世家公子，手持摺扇，頭戴玉冠，雖有些不合禮制，但左右也不過度出格，恰到好處地踩在一個瀟灑肆意卻不至於紈褲的邊界。

顯見是用了心思特意裝扮過的。黑兒悶悶地說不出是什麼滋味。

「我走啦，你難得來盧湄縣，不如讓小百善帶你四處走走吧？」臨出門前，染翠對黑兒如是說，也不知是不是存心的。

「嗯。」黑兒見他特意跑到自己面前顯擺，臉色又黑了幾分，勉強才應了聲好。

染翠彷彿渾然不覺他的鬱氣，帶著也捯飭了一番的阿蒙離開了。

黑兒原本想，大李掌櫃說今兒要約某個木匠師傅見面，若能談妥最快後日便能動工，他不如也跟去湊個熱鬧。

可想是這麼想，人卻待在幽篁小院絲毫沒有挪窩的打算。

于恩華得了染翠交代，這會兒也跟在黑兒身邊，小少年這些日子天天往外跑，突然要他待在屋子裡，又沒人陪他說話，整個人像被霜打蔫的茄子，眼巴巴地瞅著神色凝重的黑兒，卻連一句話都不敢說。

「你去過清涼湖嗎？」黑兒突兀地開口問。

于恩華怔了怔，連忙回道：「還沒去過呢，我和阿蒙不敢隨意出城，怕路上耽誤了時間。」畢竟他們還是服侍染翠的人，儘管有黑兒在，他們幾乎無所事事，可也不能鬆懈了。

「好……既然染翠要你帶我出門走走看看，咱們今天就去清涼湖賞景吧。」黑兒說的那叫一個正氣凜然。

得，這就叫假公濟私吧？于恩華險險按捺住自己的白眼。

這要放在以前，他不開口嘲諷幾句，也得哼他個幾聲表達自己的不齒。可現如今，于恩華被調教得乖巧伶俐，懂得看人臉色，也明白哪些話能說、哪些話不能說，阿蒙還欣慰地稱讚，再過幾個月，于恩華保不定能青出於藍，成為染翠身邊最得力的助手。

于小公子被誇得屁股都快翹上天了，自然學得更加仔細認真，渾然不知自己這是被人給拿捏死了。

於是乎，被調教得即將出師的于恩華露出一個甜笑，歡欣道：「多謝黑參將！我早聽說過清涼湖的盛名，先前也一直和阿蒙姐姐說想去走走，沒想到今兒能沾了您的光。」

這話說得討巧，黑兒聽了也算受用，但仍不忘強調：「我不是因為染翠和丘天禾約在清涼湖

才打算過去，而是城裡的東西我沒有興趣。」

這話說得擲地有聲，他一介武夫與盧滙縣這種文風鼎盛、秀氣儒雅的地方總有些格格不入，真讓他上街了，他也不知道自己能去看些什麼。

于恩華想，其實找間酒樓聽說書也成，在馬面城不也經常如此？他看黑兒也頗得趣味呀？這會兒怎麼就沒有興趣了？不過，想是這麼想，于恩華就是再莽撞也不可能把話說出口，索性就陪笑點頭贊同得了。

說走就走，黑兒換掉了慣常穿的短打，穿上了一身黑色外袍，腰封是青灰底繡銀色雲紋，衣袍有暗紋，乍看之下樸素單調，可在日光下暗紋便隱隱浮現出來，很是素雅大氣。

這身衣著自然不是黑兒替自己置辦的，而是染翠兩年前在他生辰時送的。

原本黑兒沒打算收，送衣服顯得有些過於親密了，他與染翠正因為下藥事件處得不尷不尬，就被塞了這麼個禮物，怎麼想都不合適。

可染翠不是黑兒拒絕得了的人，他不收禮染翠就坐他家裡喝茶，端看誰更有能耐耗下去。先退敗的終究是黑兒，畢竟也不是什麼大禮，一套衣服罷了。

仔細想來，他和染翠之間總是如此，每每被逼到退無可退，只得順了染翠的意，漸漸他的底線也越放越低，如今他在染翠面前，當真是什麼底線都沒有了。

但不得不說，染翠的眼光向來挺毒辣，這身衣裳黑兒幾乎沒穿過，但確實極襯托他。

黑兒原本就是身姿挺拔、高大威嚴，穿著短打時一身精實的肌肉蘊含力量，一看就是不好惹的，但凡帶出門都不用出聲，兩條手臂一晃，嘖嘖嘖，見著的人立即變得跟鵪鶉一般，靜悄悄什麼話都不敢多說。

待穿上了這身黑色衣袍，黑兒那粗莽的氣質頓時一變，如同一棵參天巨樹，沉靜溫和中帶著颯爽的豪氣，怎麼看都像是江湖上名聲赫赫的正派大俠士。

于恩華上下打量了黑兒一番，想了想從染翠的衣箱裡翻出一柄烏木骨摺扇，並一根古樸大氣的木簪及其他小配飾，一股腦兒遞給黑兒。

雖有些彆扭，但黑兒也沒推拒，全接過來一一安置好，整個人又添了些許貴氣與威嚴。所以說人靠衣裝，黑兒這一套打扮下來，別說看不出是個半生軍旅的武人，甚至還有些像家世清貴的公子，就是人有些太黑了，少了一些俊秀，容貌更是過於剛毅，不大符合南方人的審美喜好。

于恩華很滿意，染翠的衣著打扮都用不上他，品味更是于恩華拍馬不及的。這回在黑兒身上大大露了一手，可見于小公子寶刀未老，若是用這一身裝扮登上《鯤鵬誌》，肯定能讓黑兒收信收到手軟。

至於他自己，依然一身僕役打扮，詢問道：「黑參將是想去找間茶樓坐坐呢，還是想遊湖？」如果打算遊湖，那就去廚房拿幾樣點心帶上，經過大街時也可以順道買幾樣小食。

黑兒思索片刻，此時他尚不確定染翠會使用秋水樓的哪號包廂，也不知道哪個地方更適合窺探他與丘天禾，索性讓于恩華帶些糕點，這樣想吃東西時隨時有東西吃，不怕無聊。

待兩人收拾好出門時，巳時都過去大半了，大李掌櫃剛從外頭回來，乍然見到打扮得人模人樣的黑兒，還嚇得退出兩步，抬頭看了眼店外招牌，確定自己沒進錯屋子，又定神打量了黑兒好幾眼，生怕自己認錯了人。

「這都快用午飯了，您不如吃飽了再出門吧？」雖不明白黑兒怎麼突然穿了這一身，大李掌櫃索性不耗自己的腦子去想，開口關心了句。

「不了不了，黑參將來盧滙縣後好像還沒在外頭用過飯，今兒正趕巧了，想說去下個館子，

感受感受盧滙的風味。」于恩華笑嘻嘻地替黑兒回道。

「也是也是，咱們這兒好吃的館子不少，嚐嚐鮮也不錯。」大李掌櫃一下就被說服了，便也不耽誤黑兒及于恩華外出，拱拱手把兩人送出門。

兩人的身影剛走遠，大李掌櫃就聽見妹妹嬌滴滴的聲音從背後傳來：「你猜，他們會去下哪間飯館？」

「這個嘛……」大李掌櫃回頭，就見剛才不在店裡的妹妹端坐在掌櫃的位子上，用手支著粉白的面頰，眼中滿是促狹的笑意，這個表情他看不懂，就當作沒看見。

「百善前些天說方寸居的食物好，口味也偏北方，應當會帶黑參將去那兒用飯吧？」

這會兒接近晌午，今天沒什麼客人上門，便讓夥計們先去用飯了，店內只有兄妹兩人，小李掌櫃才會抓著哥哥嘮些閒話。

大小李都是北方人，雖然在南方住了幾乎十年，也習慣了偏甜的口味，不過偶爾仍會想念家鄉的味道。方寸居是個北方口味的館子，一開始生意平平，對盧滙人來說，他們的口味太油太重，久久吃一次還行，經常吃腸胃可耐不住。

兄妹兩人喜歡方寸居的手藝，見店主人快要經營不下去了，乾脆花了一筆錢入股，融合了盧滙當地喜愛的口味做調整，幾年下來既保存了北方的味道，又混合了南方的習慣，自然經營得有聲有色，稱得上盧滙縣城鼎鼎有名的一間飯館。

不過，這是大小李自己做的買賣，所以除了染翠之外，鯤鵬社中沒人知道他們插手了方寸居的生意。

也是大李把方寸居推薦給阿蒙的，畢竟阿蒙也是北方姑娘，肯定會喜歡。而因為于恩華是跟著阿蒙的，吃過方寸居後帶黑兒前往也很正常。

聽了他的推測，小李見怪不怪，但還是白了哥哥一眼。

「你啊你啊，他們去方寸居做什麼？大掌櫃又不在那兒。」

這下讓大李又聽懵了，黑參將外出下館子，和大掌櫃又有什麼干係？大掌櫃午飯不是與丘天禾吃著嗎？定然也是在秋水樓用呀！

並不奢望哥哥想明白，等他終於繞過彎來，中秋可能都過去了。

「黑參將這是打算去清涼湖吧。」小李直接明說了：「他身上那件衣裳，我沒記錯的話，是兩年前大掌櫃讓我找繡娘做的，咱們左近那個桑陽鎮以刺繡聞名不是，咱們店裡置辦衣物時，不都是上那兒找人做嗎？大掌櫃很喜歡，自己訂了幾件，其中一件就是黑參將身上那套了。」

畢竟染翠的身型與黑兒天差地別，尺寸一看就知道內有貓膩。

再說了，染翠也不愛黑衣，若真要穿一身黑，紋樣的繡線肯定往大銀大金大紅大綠走，要多張揚有多張揚，哪會繡什麼暗紋？

小李掌櫃的消息多靈通啊！很快就打探出染翠把衣服送給誰了，心裡還暗暗思索，莫不是大掌櫃好事近了？結果兩年過去，連個響聲都沒聽到過，要不是今日瞧見黑兒穿了那一身，小李都忘了曾做過那套衣服。

「他去清涼湖做什麼？」大李還是沒回過味來。

「當然是去巧遇大掌櫃……不不不，黑參將應當不會去巧遇，我聽阿蒙說了，大掌櫃這回可沒要他做陪，他心裡指不定多氣悶呢。」小李用手指輕輕敲著櫃檯沉吟。

「他心裡氣悶嗎？我看黑參將打扮得挺貴氣，不像心裡有事的模樣。」大李索性拉了張凳子在妹妹身邊坐下。

「難道不是打扮得挺貴氣才有問題嗎？」小李對哥哥直翻白眼，恨不得一路翻向錢塘江外。

這人要不是她親哥哥，早八百年前就把人給揍了，腦子比石頭還硬。

「你和黑參將還挺孰悉的不是嗎？他哪是會特意捯飭自己的人？就是穿著短打也能上飯館呀，你平時去方寸居難道會特意捯飭一番不成？」

「確實不會……」大李恍然大悟地點點頭，接著又苦惱地皺起臉，疑惑道：「那又關大掌櫃什麼事了？」

「孔雀什麼時候開屏呢？」小李問。

「顯擺的時候。」這題大李會，立即回應道。

「是啊，顯擺的時候。」總算有滿意的答案，小李心情舒暢地點點頭，「黑參將這是存心去見大掌櫃的，不過應當不至於直接打擾大掌櫃和丘天禾，我猜他會先找個能見著兩人包廂的地方，待兩人分開後再去找大掌櫃。」

「為什麼？」

「因為他說，自己與大掌櫃無關情愛啊。」

小李哈哈一聲笑出來，用力拍了拍哥哥要他去書房裡取信紙過來，打算將今日的事情鉅細靡遺寫下來，回報給京城的老闆。

第六章　他們還有點夫妻相呢

東西很快收拾好，黑兒再次回頭看了眼染翠，
心裡說不出是什麼滋味，空落落的。
黑兒並沒立刻起身離開，
他也不知道自己坐在這兒圖什麼，
染翠的身影在他眼中越來越淡，
漸漸走遠再也看不見了。

黑兒自然無從得知小李掌櫃的打算，他在心裡盤算著去到清涼湖後該如何行事。最要緊的，就是絕不能讓染翠發現自己的身影。這隻小狐狸也不知存心或刻意，前兩三天還在他耳邊叨念著滿月沒傳消息與丘天禾，一副要帶上他前去赴約的模樣，今日卻一反常態，絕口不提此事，直到出門前人都捯飭好了，才隨意提了一嘴。

相交五年來，這還是破天荒的頭一遭。

過去，但凡他人在又有空閒，染翠是絕對要抓著他陪在身邊的。即使是他們正當交惡，互相看不順眼——其實只有染翠看黑兒不順眼，黑兒看染翠一直都是順眼的——那當口，他分明是關山盡派去守著吳先生的，染翠卻從沒客氣把他當工具使。

到最後，他簡直不像是南疆軍的參將，而是染翠家養的僕役般。也虧得吳先生不介意，否則一狀告到關山盡面前，他可能要在演武場上多挨揍半年。

隔了一段時日後，關山盡與吳先生兩人總算越過重重關隘，確認了彼此情意，他也無需再日日陪在染翠身邊。要不是兩年前那一場意外，如今他與染翠頂多只是朋友，不會有更深的聯繫。

若非昨夜小李掌櫃的提點，他幾乎都沒意識到自己的行為不對勁。

是啊，要染翠交鴿友的人就是他自個兒，被染翠的言行動搖的還是他自個兒，明明心裡清楚必須離染翠遠一些，再說了染翠喜歡的也不是他這樣的男子，老是在染翠面前瞎晃悠也不是個辦法。他們兩人之間的勾連太深了，著實不是件好事，這不是讓他當年的離開白費了嗎？

想起這回事，黑兒默默握緊雙拳，面色也黑了幾分，把迎面走來的路人嚇得一膽寒連忙避開來，以為自己遇上了什麼殺人不眨眼的人物。

于恩華也察覺不對，雖然也怵黑兒，還是上前拉了拉男人的衣襬，「主子！您看那個攤子賣的是百花餅呢！您還沒吃過吧？要不，咱們買一些？剛烙好的百花餅可香可甜了！」

吃食永遠是最有威力的，尤其是甜食。黑兒這個軟肋，馬面城分社及盧滙分社上下都是知曉的，最近多虧了他，大夥兒天天有甜食吃，別提心裡多美了！

果然，黑兒的心神被百花餅這小妖精給迷惑了，臉上神情一鬆，甚至帶上淡淡的淺笑，瞬間由殺人盈野的惡徒，成為英俊端方的俠士。

百花餅在盧滙縣是頗為尋常的小食，甜鹹酸口都有，內餡用的都是當季花卉，外皮層層疊疊，每層都薄如蟬翼，一口咬下碎屑也跟著往下掉。盧滙人都笑說，從看吃百花餅掉多少餅屑，就知道這人是不是當地人。

剛烙好的餅金燦燦的，甜口點著一抹紅，酸口撒了白芝麻，鹹口上頭什麼標記都沒有。正值晌午，百花餅既可以當正餐也可以當點心，攤子前排了不少客人，黑兒也加入人群中。

雖說時間也不早了，去到清涼湖還要一個時辰，他卻沒選擇坐鯤鵬社的牛車，就是怕落了小李的口實，這個姑娘心眼幾乎同染翠一般多，他一坐牛車，肯定會被覺察是要去清涼湖找染翠。

殊不知，就算他沒叫牛車，小李掌櫃也看得透透的。

不過染翠和丘天禾應當不會太早離開，午後是遊湖的好時間，他感覺丘天禾對染翠是有那麼點意思的，定然會開口邀約。

染翠左右沒事，閒著也是閒著，對丘天禾又心有疑慮，照黑兒對他的了解，答應邀約多些時間刺探，是染翠慣常的行事作風。

也就是說，他們的時間其實挺富裕的。更別說，一時辰路程說的是兩人靠雙腿慢慢走去，等買完了百花餅他就能去租輛牛車，只需要半個時辰就夠了。

一切和黑兒的盤算相差不遠，要說意外只有他多買了三樣點心，若不是于恩華真提不動了，加上時間確實緊巴，難說還會不會再多買幾樣。

盧滙縣城的大街對荷包可真是太不友好了。

等兩人租上了牛車一路搖搖晃晃到清涼湖畔時，都快末時了。

兩人在秋水樓附近下車，也算趕巧了，正好瞧見染翠帶著阿蒙與丘天禾一塊兒走出店門。

黑兒立即抓著于恩華躲起來，遠遠地綴在三人身後走。

染翠顯然與丘天禾相談甚歡，眉眼間都是笑意，丘天禾指著清涼湖上的遊船，不知道說了些什麼，染翠先是瞠大明媚的狐狸眼，接著雙眸一彎笑了出聲。

一旁的阿蒙也摀著嘴笑，主僕二人被逗得很樂。

黑兒在後頭簡直百爪撓心，幾人隔得太遠，加上湖邊遊人不少，他連兩人的笑聲都聽不清楚，遑論聽清丘天禾說了什麼。

染翠這是怎麼回事？不是說對丘天禾有芥蒂嗎？不是說這人肯定有貓膩嗎？怎麼還笑得如此歡快？這丘天禾的手段當真如此高？連染翠都被唬弄了？

越想越覺得心裡火燒一般難受，怎麼看丘天禾那張溫潤儒雅的面皮，都覺得此人包藏禍心，黑兒險些沒忍住走上前攔住幾個人。

「主子主子！」于恩華這些日子被調教得可機敏了，一下就覺察到黑兒心緒不對，連忙扯了扯他的袖子。

「您別著急，咱們先吃點東西墊墊肚子吧？你看，那個丘天禾也不像打算繼續散步，待會兒應當會上船遊湖，到時候咱們也可以找艘遊船跟著？」

其實于恩華想說的是，他們大可以在岸邊找座無人的涼亭歇歇，遠遠查看染翠與丘天禾就成了。不過他怕觸了黑兒霉頭，顯然染翠與丘天禾處得好，撥動了黑兒心上某根弦，整個人都有種山雨欲來的戾氣，驃悍地往外散發，他真怕自己一不小心說錯話，保不定就會客死異鄉。

他心裡沒底，老實說黑兒的心裡也沒底。

要是知道于恩華腦子的胡思亂想，黑兒肯定會更加無奈，甚至白他一眼並啐一句：「亂想些啥呢！」

什麼客死異鄉，就是當初被攮了一刀子他都沒找于恩華麻煩，他所在的南疆軍還是規矩最嚴的一支軍隊，關山盡本人雖然有些目下無塵，行事又肆意乖張，可對下屬的管束那是真的嚴格，胡亂傷人者有幾十軍棍等著呢。

他現下也正苦惱該怎麼辦才好。要是跟得太近了，染翠就算沒察覺，阿蒙卻可能發覺。替主子留心周遭原就是她本分應當，阿蒙向來忠於自己的職責，還做得特別好。

可要是離得太遠，他便只能瞅著染翠與丘天禾談笑風生，那心裡得有多鬱悶！光想著，他就煩躁不已，恨不能上前一腳把丘天禾踢進湖裡涼快涼快。

兩人都不知道彼此心裡想的什麼，卻莫名有了共識——總之先吃飽再說。

清涼湖畔除了茶樓多，涼亭也不少，兩人恰巧路過一座無人使用的涼亭，離湖畔稍微有些遠，也許是因此才不受青睞而空置著，正好方便了黑兒兩人。

亭中有石桌石椅，桌子中央有個烹茶的火爐，裡頭乾乾淨淨的，似乎很久沒人使用。桌面不算特別大，不過擺放他們帶來的食物倒是夠用了，六七樣東西排布開來，也稱得上羅列滿前了，唯一的缺點是除了百花餅有兩個鹹口的，餘下全是甜食。

不過，黑兒及于恩華都愛吃甜的，兩人半點不覺得膩，各自分了一個鹹口百花餅後，愉快地吃將起來，暫時把染翠及丘天禾撇在腦後。

吃著吃著，黑兒很快察覺他們撞了大運了，這座涼亭位置不好，左近遊人也不多，便也無人上前詢問能否一塊使用，半點不招眼。

加之丘天禾與染翠也不知什麼打算，就站在湖畔先前那個位置並未走遠，也不打算上遊船的樣子，雖然聽不清楚他們說了什麼，臉上神情卻是可以看得見的。

沒想到竟是個窺探的好地點！

染翠與丘天禾一直在說話，即便隔著一段距離，仍能看得出丘天禾也是刻意打扮過的。

一身青色儒服料子不算頂尖卻也不差，腰上一條細細的腰帶，將腰束得緊緊窄窄很是惹眼，頭上一根素簪，看不出什麼材質，應當是木簪或竹簪，手上一把題了字的摺扇，看不清寫了些什麼，字跡秀緻飄逸內藏風骨，彷彿與寫給染翠的信上是同樣的筆跡。

丘天禾身量不特別高，與染翠伯仲之間，身板也偏纖瘦，但肩膀卻挺寬，身型便比染翠挺拔了幾分，姿容雖不到絕佳，卻也是少見的俊秀了，與染翠並肩而立時，稱得上一對璧人。

黑兒看著看著，停下了手上的動作，愣愣地不知想些什麼。

于恩華看了他兩眼，也不敢開口詢問，垂著腦瓜子默默往嘴裡塞東西。

「你說，這個丘天禾假如確實清白，他是不是與染翠挺般配？」黑兒突兀地開口問道。

于恩華連忙停下往嘴裡塞糕點的動作，拿起腰上的竹筒水壺，咕嘟咕嘟灌了幾大口，把嘴裡的東西嚥下肚了，才朝染翠及丘天禾看去。

讓他說吧，丘天禾從頭到腳，幾乎都符合染翠開出的條件，要說哪兒比較扣分，大抵就是他有個過世的妻子，還有兩個年幼的孩子。不過，照染翠的家產與手段，這些都不是事兒。

「看夠了？」黑兒冷不防又冒出一句。

于恩華抖了抖，也許是吃飽了，也許是他還保有少年人獨特的莽撞，讓他不過腦子就脫口說道：「我覺得挺合適的，他看來脾氣也好，應當很容易被大掌櫃拿捏住。而且，我覺得，他們還有點兒夫妻相呢！」

話音剛落，于恩華腦子就冒出「完蛋」兩個大字，還帶絲竹仙樂，鬧得腦子裡嗡嗡響。要死嘍！他剛說了啥！那麼大一柄槍口，他怎麼就沒腦子地往上撞呢！

「夫妻相？」黑兒臉色深沉如水，雙眼黑沉沉的，簡直像兩個在臉上挖出的洞，嚇得于恩華哆嗦。

「夫夫相？」然而他沒管住自己不受腦子控制的嘴。

——爹啊！娘啊！百善兒只能下輩子再孝養您們了！嗚嗚嗚！

他心裡那個悔啊，除了後悔也沒別的，要是別仗著爹娘寵愛就胡來、要是早點知道世上有《鯤鵬誌》這等好東西、要是他別被曾玉章給當槍使了，他就不會離鄉背井，成為染翠的小廝，更不會單獨與黑兒相處還說錯了話！悔啊！悔不當初！

黑兒渾然不知眼前垂著腦袋往自己嘴裡塞食物的小少年腦子如何不著四六，他也懶得同于恩華一般見識，倒是這句話給他提了個醒，仔細看了看，確實丘天禾與染翠的眉眼間竟有些相似。

那種相似並不明顯，加上兩人秉性不同，染翠總是懶洋洋的一股子風情，丘天禾則有讀書人一般的清貴儒雅，所以乍看之下斷然無法察覺兩人有所相似。

一個念頭莫名閃過黑兒腦子裡，但他來不及抓住就消失了，餘下的只有一種說不清道不明的困惑，也許還有些許聽了于恩華的話之後生出的鬱氣。

「慢點吃，別噎著了。」索性不再看，省得自己心裡難受。一回頭，就見小少年嘴裡塞得滿滿當當，雙頰都鼓起來一動一動的，簡直像隻偷食的小老鼠。

黑兒被逗笑出來，于恩華整個人抖了一下，困惑地瞅著他。

「好歹留一半給我，你不會想全部獨吞了吧？」看小傢伙可愛，黑兒出言逗了逗。

嘴裡依然塞得滿滿的，于恩華搖搖頭，他其實已經吃不下了。原本也不是什麼大肚漢，適才只是想著死前要吃個飽飯才胡吃海塞，這會兒見黑兒神情溫和，還有心情同自己說笑，頓時就覺得自己撐得要死，只能勉強把嘴裡的食物嚥下肚子。

黑兒確實是餓了，且他的食量比兩個于恩華都多，左右染翠與丘天禾那兒不會有別的變化了，除了讓自己看得糟心，沒有其他更不對勁的情況。索性不再多看，專心掃光桌面上的吃食。于恩華揉著肚子，乖乖替黑兒把風，留意染翠那頭的情形，就見丘天禾說了些話後，染翠似乎有些遲疑，但眼光明媚挺愉悅的，果不其然思索片刻後，染翠點了點頭。

丘天禾看來甚為欣喜，臉上的笑容控制不住地擴大了些，隨即有些羞澀地揮開摺扇遮掩了下。想來應該是打算告別，還約了下回見面吧？于恩華猜測，看來大掌櫃這回應當是栽了！沒想到沒想到，馬面城那個賭局要流局了，畢竟沒誰賭染翠會看上黑兒以外的人。

正如他所料，丘天禾與染翠拜別，臨走前表現得依依不捨，頗有些要十八相送的意味，于恩華支著下顎，看得津津有味。

「怎麼了？」黑兒吃光了桌上的食物，抬頭問了聲。

「丘天禾與大掌櫃道別了，似乎還約了下回見面。」于恩華老老實實把自己看到的全說出來，就見黑兒愣神了片刻，看起來竟有些茫然。

「黑參將？您可還好？」于恩華不免擔心。

「還成。」黑兒揉了揉鼻梁，神情很快恢復。

「咱們收拾收拾回去吧。」說著開始整理起桌上狼藉。

他原先打算在丘天禾離去後，便去「巧遇」染翠的，可如今卻沒了那種心情，只想盡快回鯤鵬社，假裝今日並未來過清涼湖。

「喔……」于恩華也看不出他怎麼了，只覺得黑兒似乎沒了之前的活力，人顯得懨懨的。

東西很快收拾好，黑兒再次回頭看了眼染翠，他因為送丘天禾的關係，已經離開了原本待的地方，離涼亭更遠了，就是黑兒眼力再好，也看不清楚他臉上的神情。

心裡說不出是什麼滋味，空落落的。

黑兒並沒立刻起身離開，他也不知道自己坐在這兒圖什麼，染翠的身影在他眼中越來越淡，漸漸走遠再也看不見了。

「走吧。」他起身，招呼于恩華離開。

因為想營造出沒來過清涼湖的假象，兩人必須盡快回到鯤鵬社，一頓飯著實也吃不了太久，染翠也知道他沒興趣逛大街，吃飽了飯頂多買些小食或糕點，立刻就會回家。

於是這回租的不是牛車而是馬車了，這樣速度才夠快。

兩人在城門外就下了馬車，為了搶時間黑兒還索性提溜起了于恩華，施展輕功回到鯤鵬社，相比去程只用了不到一半的時間。

于恩華被這一手飛簷走壁的功夫嚇得夠嗆，被放下地的時候險些腿腳一軟跪倒，還好黑兒眼明手快拎住他後領，才沒摔著這倒楣的孩子。

「記住，我們去了方寸居。」在馬車上時，黑兒已經同于恩華對好了話，讓他把方寸居幾樣招牌菜介紹過，口味方面倒無須特別描述，黑兒這人吃東西只有好吃不好吃、合不合口味，餘的他也描述不出來。

進店前，他忍不住又交代了一次。

「我知道、我知道……」于恩華腿還微微顫抖，腦瓜子點得跟小雞啄米似的。

店裡夥計都是熟人，見兩人回來便招呼了聲，黑兒還雞賊地問了句：「大掌櫃回來了嗎？」可以說城府非常深了。

「還沒呢。」夥計回道。

「是嗎……」黑兒點點頭，神色略有些僵硬地撇下于恩華，打算回幽篁小院換掉身上的這身衣著。

他想，自己這一套應當足夠應付過染翠了才是。

才走進後院，這麼巧又遇上了大李掌櫃，見到他便連忙揮手，「黑參將！黑參將！有馬面城來的信！」

這是滿月打探的消息到了！黑兒心裡一凜，連忙走上前。

做回慣常的打扮，黑兒拿著信筒心中有些遲疑不決。

信筒上的蠟封是鮮紅色的，當中一隻重明鳥，是南疆軍的主帥標誌，也代表加急密件。依照滿月的習性，若不是調查到什麼特別的東西，不會刻意加急送來他手上，這都有些假公濟私的意思了。

畢竟，他探查的不過是一介平民百姓。但滿月還是用了重明鳥蠟封，這等情誼讓他感激之餘也有些生受不住。

但也因此，他竟有些不知道該不該看這封訊息，也說不上自己究竟為何如此游移不定。

信筒在手上轉了幾圈，黑兒把視線移往窗外，日頭已經偏斜了，而染翠尚未回來，不知道他送丘天禾送了多遠？是不是索性一塊兒坐車回城了呢？這也不無可能。

黑兒腦中思緒紛雜，他想著埋藏在自己心底許久的翠兒。

初遇時翠兒又瘦又小，兩頰乾扁凹陷，一雙狐狸眼大得突出眼眶，全身都是結塊的泥巴，甚至沒他巴掌大的小臉髒得看不清楚五官，頭髮亂糟糟的，糾結成團，全堆在小小的腦袋上。

小孩兒近乎衣不蔽體，四肢細得像竹竿，彷彿一折就要斷了，從破爛的衣料間可以看到兩排浮凸的肋骨，肚子有些鼓脹，但並不明顯，遠遠的就能聞到他身上一言難盡的臭味。

那是他當時居住的芎宜近郊的一間破廟，他剛去鄰鎮賣了自己養的兩頭豬，買了些日常需要的東西回來，遇上了傾盆大雨，才會躲入那間破廟裡。

那座廟過去供奉哪路神明，連村子裡的耆老都不記得了，早就破敗了許久，也虧平日裡有行商或旅人會經過，夜裡或雨天有個能遮蔽歇腿的地方，這才勉強保留了多數的屋頂與梁柱，但廟門早就不知去向，窗戶也都是洞開的，屋頂上的破洞也一年比一年更大了。

剛進廟，黑兒就嗅到一股子難聞的氣味，嗆得他連連咳了幾聲。這股味道儘管難聞，他卻很熟悉，當年自己逃難的時候，最後身上也是這股氣味。後來進了芎宜鎮，他在善堂領了吃食及舊衣，管事見他年紀小，只有一個人著實可憐，便將他拉到後頭去，准許他打了水洗乾淨。

再後來他在芎宜落了腳，到今日都多少年了？黑兒有些記不清楚。

他在破廟裡找了一圈，最後在那張傾倒的神桌下發現了只有皮包骨的小孩兒，用一雙大眼睛凶狠地瞪著他，髒兮兮的手上抓著半個印滿黑色指印的饅頭，嘴裡鼓鼓的，大概塞了另外半個。

外頭風雨正大，起了一層水霧，除了雨聲沒有其他的聲音，連自己的呼吸聲都快被吞沒了。

黑兒瞅了小孩兒一眼，既沒有大驚小怪，也沒面露同情，從行囊裡摸出兩顆煮雞蛋，分別在掌心掂了掂，將其中大的那顆留下，小的那顆放到小孩兒身邊，就走到破廟另一側席地坐下，吃起雞蛋和乾糧。

那時他以為自己與這個小乞丐就是一面之緣，他才十五歲，養自己都費勁，著實沒有別的工夫行善積德，分一顆雞蛋已經很足夠了，要知道他沒養母雞，久久才能吃到一顆煮雞蛋呢。

也不知雨還要下多久，他很快吃完了手上的食物，習慣後也不大聞得到那股臭味了。為了趕市集，他這幾天累得夠嗆，現在吃飽了加上外頭雨聲，竟有些睏倦。

不如瞇一覺吧？黑兒想，他很警覺的，有人進來定然會醒，稍微瞇個眼沒關係的……

眼皮越來越重，他甚至都不知道自己何時就睡過去了……

「黑兒？」染翠清越的聲音打破耳邊來自二十年前的雨聲，把黑兒的神拉了回來。

他眨眨眼晃了下腦袋，循聲看去果然見到笑意盈然的染翠。

「回來了。」黑兒招呼了聲。

「欸，回來了。」染翠點點頭，他臉頰帶著暈紅，雙眼像兩顆燦亮的寶石一般，看得出心情極好。

「我去換身衣服，大李說馬面城來了你的信？」

「嗯。」黑兒不意外大李把這件事告訴染翠，畢竟他是外人，親疏是該分個明白，他樂見大李對染翠的忠誠。

「滿月給我的。」他對染翠晃了晃手上的信筒。

「你還沒拆來看嗎？」染翠見信筒還是完好的，感到有些意外。

「還沒。」黑兒搖搖頭，他尚未完全從當年的回憶中緩過神，那時乾巴巴、髒兮兮的翠兒，如今容顏絕豔，舉手抬足都是風情，好看得讓人心頭猶如被小勾子挑動了，癢絲絲的。

「不會是等著我一塊兒看吧？」染翠問，眉眼都笑彎了。

「是。」黑兒鬼使神差地認了，爾後自己又默默有些心虛。

染翠挑了下秀眉，「那好，你稍待我一會兒，我梳洗過後就來同你一塊兒看。」外出歸來染翠一般都會稍做洗漱，雖不至於到沐浴，但抹抹身子卻是需要的。此時端著熱水的于恩華也跨進屋子裡，左右看了看黑兒與染翠，便安安靜靜把水拿進內室裡，輕巧得像他壓根沒出現。

染翠動作很快，沒多久就梳洗完畢，換了一身輕便的衣衫出來，淺淺的綠色夏布柔軟清透，于恩華已經拿用過的熱水離開了，染翠不忘交代他晚膳備好了再來喊人。

「褲子穿了不？」黑兒總感覺染翠衣袍下襬不對勁，忍不住問了聲。

「想什麼呢！」染翠挑眉嘻嘻一笑，竟直接把衣袍撩起來，露出兩條雪白赤裸的纖細雙腿，驚得黑兒連忙別開頭，黝黑的面皮藏不住羞憤的脹紅，兩隻耳朵也沒能倖免。

「染翠！」他氣憤地吼道。

「我穿了底褲啦！」染翠渾不在意回道。

他是沒穿褻褲，但晚些還要用飯呢，底褲還是穿了的。

黑兒咋了下舌，很是不以為然，也不肯把頭轉回去，直到聽見衣袍放下的摩擦聲，才放鬆了繃緊的身子。

「你不能老這樣，做人得要有規矩。」耳朵還燙得很，但也不妨礙黑兒訓斥染翠。

「我很規矩的，只要沒人掀我的衣襬，誰知道我底下穿沒穿？」染翠振振有詞地辯解。

也不能完全說他是狡辯，道理是這個道理，染翠又不像黑兒他們那些武將需要上演武場校練，更不需要騎馬，兩三層衣衫一裹，別遇上風大的日子，別學莊周那樣箕坐，誰能看到他穿沒穿褻褲乃至底褲？

但規矩卻不是這麼個規矩，難道沒人看到就能不穿嗎？黑兒肚子裡一堆話想說，可話到嘴邊卻一句也說不出來，最終只能悶悶地化為不悅的哼一聲。

總算染翠沒有得寸進尺，他的心思掛在黑兒手中的信筒上，很快走到黑兒身邊，直接擠進熟悉的懷抱，理所當然得讓黑兒都沒反應過來哪裡不對。

「快拆開看看。」染翠迫不及待催促。

黑兒也只能聽之任之，拆開了信筒。

裡頭有兩三張紙，全都密密麻麻寫滿了，黑兒看字沒有染翠快，索性將信紙全交給染翠由他自行翻看，自己可以晚些再慢慢看……或者染翠會把消息整理好直接說給他聽。

裡頭鉅細靡遺寫了滿月這些時日調查的結果，前兩頁沒什麼新東西，都是染翠早已經知道的，可最後一張卻不同。

兩人看著看著，臉色漸漸變得有些難看，染翠臉上的笑容完全消失，原本的好心情也沒了，待看完最後一個字，他甚至面露茫然，皺著眉頭沉默了許久。

滿月來的訊息裡說，丘天禾其母是被其父買回去的，原本是官宦人家小姐，但其父因貪瀆獲罪，抄了家後女眷盡數發賣，若賣不掉就沒入教坊。

這個官員姓蒲，是農民出身靠科舉更換門楣，天資聰穎博學強記，在當時也算是頗有些名氣的讀書人。

可惜沒考上一甲進士，但仍頗受當時的禮部右侍郎青睞，將庶長女許配給他，分配到望朝縣做了縣官。與夫人鶼鰈情深，共育有三男二女，大女兒就是丘天禾的母親，至於小女兒也被人買了，據悉是望朝縣當地的鄉紳世族，具體為何人卻因年歲久遠，暫時查不清楚。讀到這句話時，

染翠輕輕哼笑了一聲，卻也沒多說什麼。

不過滿月也寫到，蒲姓官員這件案子是個大案子，幾年後查出他其實蒙了不白之冤，這一翻案牽連了許多人，皇上大為震怒，大夏頭一回抄了十族，當時朝內幾乎人人自危。

看到此處，染翠與黑兒不約而同想起文素問的身世，他家當年就是被牽連進這樁案子裡吧。

至於為何滿月查得到，染翠卻沒查到，一則是著眼點不同，染翠一般只查會員本人，不會將他祖宗十八代的情況都查清楚，滿月可沒這麼客氣，險些沒把丘天禾家裡的祖墳也翻了。

再則是染翠儘管用的是鬫成毅手中人馬，但有些朝廷中的案件機密他無權得知，探子即使查到了什麼也不會告訴他。滿月卻不一樣，他想查朝廷什麼事查不到呢？

也難怪用了重明鳥蠟封，並不是多緊急，而是消息得嚴加保密。

兩人默默無語了好半晌，黑兒將信折起來，輕聲問：「我燒了？」

「燒吧。」這封消息注定不能留，染翠知道規矩，不會在這種事情上同黑兒任性。

黑兒點起蠟燭，翻出了火盆，一張一張點燃了信紙，扔進火盆裡燒個精光。紙張燃燒的味道蔓延在屋子裡，染翠抖抖鼻尖噴嚏了一聲。

「難聞？」黑兒連忙要將火盆拿去外頭，被染翠阻止了。

「也不是，就是沒了靠枕，有些冷。」入秋後天氣冷得很快，白天有太陽時還會覺得熱，夜裡太陽落了山，寒氣就蔓延開了。

這會兒天邊還殘留最後一縷陽光，紅霞漫天瑰麗多彩，染翠卻無心欣賞，嘴上雖撩撥黑兒，卻有些神思不屬。

「怎麼了？」黑兒自然察覺了，心裡難免擔心。

「我算是明白了，為什麼覺得丘天禾不對勁。」染翠輕聲嘆了口氣，見黑兒張口要說點什麼，早一步搶先：「黑參將，草民冷，你不替我暖暖身子嗎？」

還能嘴上吃豆腐，看來問題不大。

黑兒無奈，回到先前兩人擠一塊兒的窗臺邊，伸手把人摟入懷中後，再次上了窗臺。

「說吧，怎麼回事？」

染翠的異樣太明顯了，就是黑兒都無法假裝沒看見，是想起文素問嗎？但丘天禾與文素問實則上毫無干係呀。

「說來話長，我簡單說說吧。」染翠握住黑兒的手，把玩男人帶著傷疤的粗糙手指，腦袋舒服地靠在寬厚肩膀上。

「不急，你慢慢說。」黑兒安慰了句。

「我沒急，這事兒說起來也不過兩句話的工夫而已。」染翠皺皺鼻子笑了，語氣帶點兒陰陽怪氣的味道：「這件事就算是滿月也查不到，只有我自己知道。」

「你怎麼就這麼不待見滿月呢？」黑兒是真不解，要他說關山盡親近的人裡，與染翠交集最少的就是滿月了，平日裡不也都和和氣氣嗎？究竟是這兩人表面工夫做得太足，還是他當真駑鈍沒看出來？

「我沒不待見滿月呀……」染翠撇撇唇，不想往深了說。他都說不清楚自己究竟是什麼樣的心情，反正就不高興，黑兒對滿月的信任怎麼感覺比對他還深？

一點道理也沒有！

「好吧，你說沒有便沒有。」黑兒還能如何？

「連滿月都查不到的事情，你不打算跟我說說？」

「丘天禾他娘，若無意外，是我娘的姊姊。滿月查到的那位蒲姓縣官，應當是我的外祖

父。」染翠也不故弄玄虛，確實幾句話就說完了。

身後的黑兒一愣，沉默了好一會兒才開口：「你說什麼？」

「我說，丘天禾應該是我表弟。怪不得我老感覺他那兒不對勁呢，今天見到他本人的時候我看了有些眼熟，還想說這人長得挺親切，沒有畫像那般討人厭。現在想想，也莫怪他親切了，我跟他眉眼間，其實有些神似。」

黑兒聽得雲裡霧裡，好半天都沒回過神來，腦子裡突兀地回想起下午于恩華說的話。說什麼來著？大掌櫃與丘天禾還有夫夫相呢！

「怎麼傻了？你就沒想說點什麼嗎？」染翠用手肘頂了頂身後的人。

黑兒腦子還亂得跟一鍋煮糊的粥似的，聽染翠這麼一問，他愣愣地開口：「那……你還打算與丘天禾繼續處對象嗎？」

聞言，染翠噗哧一笑，「唷，你這是慫恿我去睡了自己表弟嗎？」簡直欠揍。

第七章　染翠看得透徹，黑兒心裡卻不得勁

「雖然我不氣恨我娘，也能明白她做的那些事情，對我爹也沒有任何孺慕之情，可是……」

「你還是想見見自己的親人。」

黑兒替染翠補完了未盡的話語。

染翠想怎麼做他都願意陪著。

可先前那番雲淡風輕的話，彷彿看透徹的灑脫，反過來說也是種抗拒或逃避。

染翠的娘是個美人。

曹植在《洛神賦》中寫洛神「髣髴兮若輕雲之蔽月，飄飆兮若流風之迴雪」，染翠頭一回讀到這篇文章時，腦子裡浮現的就是自己的娘。

蒲二小姐很美，既有美人顏又有美人骨，艷若桃李珠輝玉麗，容顏靡麗到極致，猶如一團灼人的火焰，落入眼底後一路燒盡三魂七魄，再也無法忘懷。

然而這樣的美人卻有著骨子裡透出的清冷疏離，宛如高高在上的月宮仙子，眉目間無悲無喜，彷彿這個世間與她毫無干係，人間煙火在她身上留不下一絲痕跡。

極致的艷麗與極致的凜冽揉合在同一人身上，對男人的吸引力光用勾魂攝魄四個字都不足以形容。

染翠記事很早，他爹是地方上的名門望族，雖不到富可敵國，但也稱得上家財萬貫了。他爹長得好看，染翠其實更形似爹而非娘，蒲二小姐的豔麗無雙並未傳給兒子，只有眉宇間那一抹神采勉強保留下來。

真要說，丘天禾可能與染翠的娘更肖似一些。

蒲二小姐並不親近自己的兒子，從染翠有記憶開始，他娘就沒笑過，即使面對唯一的兒子甜甜叫著娘，蒲二小姐臉龐上的神情仍分毫未動，整個人宛如千年寒冰雕成的美人像，清冷的眸子古井無波，淡淡地瞅著染翠時，小小的孩子連呼吸都輕了幾分，不敢再膩在娘親身邊，更別說哭鬧任性了。

染翠的爹是個徹頭徹尾的紈褲，元配夫人很早就過世了，後院塞了十幾個美妾，蒲二小姐就是其中之一。

因為沒有當家主母，小妾們的孩子都放在自己身邊教養，加之大夫人病故前並未生育，偌大

的家產自然人人有機會了。

即便那時候染翠才一兩歲年紀，他也知道後院姨娘間的爭鬥有多厲害。蒲二小姐是最後一個進後院的女人，他則是最小的兒子，自然也有不少雙眼睛盯著。

染翠已經忘了他爹姓什麼叫什麼，原本他也不知道娘的姓名，娘就是娘、爹就是爹，他還那麼小，每天吃飽玩、玩累了睡，睡醒了吃，無憂無慮地過日子。

他爹倒是經常來他娘倆居住的院落，就算蒲二小姐從不給自己的夫婿一點好臉色，可男人就是愛她愛得入骨，變著法子想逗清清冷冷的美人展顏一笑，連帶著對染翠也甚是疼愛。

這樣的偏愛自然令其他姨娘們妒恨，染翠的爹倒是將他們護得跟眼珠子似的，那麼多雙手，誰都不敢或說沒能碰著他娘倆一根寒毛。

直到染翠約莫兩歲的時候，遇上了個險些丟小命的意外。動手的是個姨娘的兒子，長得圓圓胖胖挺富泰，見到染翠一個人在花園裡的水塘邊看魚，就靠過去一把將人推下水。

染翠才多大？一個小豆丁，撲通一聲直接被池水沒頂，連喊一聲的機會都沒有。

帶著魚腥味的池水大口大口從染翠嘴裡灌進去，他驚慌失措下根本沒想過要閉氣，幾息間就把自己嗆昏過去，小小的染翠心想，自己是不是要睡在池子底了？他聽娘身邊的丫鬟晴姐姐說過，小孩子要是掉進水塘裡，就會被大鯉魚拖進池底，再也見不到爹娘了。

娘會不會想他？會不會傷心？他不想看娘哭……

小小的身軀不動了，像個秤砣般仰面咕嘟咕嘟往下沉，從口鼻跑出的氣泡爭先恐後地往上浮。染翠強睜的雙眼，看著自己冒出的氣泡，從魚群間往上擠，變成更多小小的氣泡，逐一浮出水面……

今天的天氣很好，陽光燦爛像一匹金色的絲緞覆蓋在花園裡。他娘的心情似乎也挺好，早上甚至親手餵他吃了一碗雞蓉粥。染翠開心得要命，他娘從來不給他餵飯的，全由奶娘動手。

吃飽了後，娘替他換上了新衣裳，別看陽光耀眼很溫暖的樣子，其實今日倒春寒，外頭的溫度很低，風吹過時像刀子一樣剮著肌膚，所以他娘把他穿成了一顆小球，才帶他到花園裡散步。

這也是第一次呢！

過去他娘不愛出院子，基本也不陪染翠，要是兒子乖乖在一旁玩自己的沙包、看小人書便也罷，蒲二小姐通常瞥去一眼後就不再留心，逕直做自己的針線活或看書，彷彿這間屋子裡，除了她自己沒有任何其他人。

染翠緊緊握著娘軟軟香香的手，沉穩得不像兩歲的孩子，但臉上的笑容卻怎麼也停不下，任誰看了都會心頭發軟。

走到水塘邊時，他們遇見了也帶著兒子的林小娘。

染翠認得這個看起來嬌滴滴的林小娘，比起自己的娘，那可醜得多了。染翠沒有縮到娘身後躲著，而是往前站了兩步，試圖保護自己的娘，不過下一瞬他就被蒲二小姐拉回身後。

林小娘說起話來吳儂軟語，說是有什麼事情想和蒲二小姐單獨說說。略一思考，蒲二小姐蹲下身對兒子道：「你在這兒看魚，娘有話與林小娘說。」

「孩兒知道了，孩兒會乖。」染翠用力點點頭要母親放心，蒲二小姐彷彿皺了下眉，染翠不確定，他還太小，那麼眨眼就掩蓋過去的神色，他分辨不出來。

後來就有了他獨自看魚，然後被自己的哥哥推進水塘裡的事情。

染翠才兩歲，他人生的走馬燈也很短，幾乎眨眼即逝，燦亮的陽光射入水中，飄飄忽忽像夢境一般，若不是他要死了，肯定會讚嘆一聲好漂亮吧？

雙眸漸漸的什麼都看不清楚了，即將完全陷入黑暗前，他瞧見了一道窈窕的身影扎進水裡，

像條大魚般游到自己身邊，抱起他往水面游去……

蒲二小姐回來得即時，救回了自己兒子一條小命。娘倆狼狽地爬出水塘時，染翠的爹恰好也來到花園，大驚失色地跑上前要查看自己心愛的女人及疼愛的兒子有沒有大礙。

後頭的事，是染翠醒來後躺在床上聽晴姐姐說的。當然，晴姐姐不會特意說給他一個孩子聽，而是在數落蒲二小姐不懂得把握機會，頗有點恨其不爭的味道。

也許是為母則剛，染翠的娘救了兒子後，抱著不省人事的兒子推開了殷殷關切的男人，神色仍是那般冷淡如霜，卻做了件誰都沒料到的事情，她伸手直接照著那個胖孩子抽過去，力道大得驚人，直接把四五歲的娃娃抽倒在地，粉胖的圓臉直接腫得跟剛出屜的壽桃一樣。

這一巴掌打得所有人都愣神了，連被打的小胖子都忘了哭，傻傻地看著眼前漂亮卻面無表情的女人，一直到林小娘發出哭叫，小胖子才緩過神來放聲大哭。

院子裡頓時亂成一片，林小娘心疼兒子被打，哀哀切切地哭著要染翠他爹做主，小胖子哭得那叫一個賣力，據說都哭啞了嗓子，喝了好幾天藥才養好，臉上的掌印更是十多天才消退。

蒲二小姐沒等男人裁斷，她抱著氣息奄奄的兒子淡漠地交代一旁的丫鬟請大夫，便帶著兒子回自己的院子了。

一個從來不表達情緒的人，乍然發作一通，造成的影響是巨大的。林小娘絲毫沒討著好，小胖子做事不過腦子，推染翠下水的動作有好多人看見，賴都賴不掉。

染翠的爹氣得拿家法揍小胖子，才剛被打了兩板子屁股，小胖子就鬼哭狼嚎，尖叫哭著說是娘讓他這麼做的。

這下林小娘倒了大霉。她並非良妾，以前是青樓女子，因為懂得溫柔小意地服侍人，在蒲二小姐進門前，深得染翠他爹的喜歡，連生了兩個兒子，這才動了爭家產的心思。

如今被兒子一坑，染翠的爹直接找人牙子來，當場把人發賣。

小胖子都快哭死了，他臉頰疼、屁股疼，結果還沒了娘……

不管那頭鬧成什麼樣子，染翠娘倆的日子一如往常的清幽平靜。也許是福氣也許是命硬，兩歲的染翠臥床十多天後，就像個沒事人了，甚至還被養胖了點，珠圓玉潤的別提多可愛。

但即使如此，蒲二小姐對自己的兒子依然淡淡的，並沒因此多親近些，就連那日看到兒子清醒過來時，都沒施捨一個笑容。

日子一天一天遷移，染翠的爹依然對蒲二小姐寵愛不減，變著法子想逗她為自己笑一笑。

可惜，這輩子注定是不可能了。

在落水事件過後一年，某個夏末的夜裡，染翠被娘從床上搖醒，他揉著睡眼剛想叫聲娘，就被蒲二小姐摀住了嘴。

他驚了跳，眨眨眼整個人都清醒了，但很乖巧沒出聲，還自己用小手摀住了嘴。

蒲二小姐很滿意，輕手輕腳地替兒子穿好衣裳，沒有一句話的解釋，牽著兒子離開這個雕梁畫棟、丹楹刻桷的地方。他們甚至走的都不是後門，而是一個狗洞，蒲二小姐先把兒子推出去，自己再跟著爬出去，兩人牽著手在深夜沒有人煙的清冷大街上慢慢走著，並沒有出城，而是來到了城南那片被稱為蚍蜉窩的地方。

住在這兒的都是些窮苦人家，整片屋子都又破又窄，密密麻麻的連成一片，空氣裡飄浮著混濁又難聞的氣味，染翠沒忍住打了幾個小噴嚏，明明比小貓叫的聲音大不了多少，在這蚍蜉窩裡卻響亮得嚇白了染翠一張小臉。

瞬間，周邊幾乎每一間屋子裡都傳出窸窸窣窣的抱怨聲，個別較為爆烈的人家還捶了幾下土牆，威嚇的意味不言自明。

三年人生都在錦衣玉食中被養大的染翠哪見識過這種陣仗，當下被嚇出了一泡眼淚，卻強忍著不敢哭出來，他知道聲音肯定和適才的噴嚏聲一般，會迴盪在這片矮屋間，後頭保不定會有更大的麻煩。

蒲二小姐帶著兒子走到長街最底端，左側是一間房門半掩的屋子，她毫無遲疑地推門走入。這間屋子真的很窄，恐怕都沒有染翠的臥房來得寬敞，床與灶臺各據一方，中間放著一張不大的方桌，兩張長凳子，就幾乎連轉身的餘地都要沒有了。

蒲二小姐摸出一根蠟燭用火摺子點上，滴了幾滴蠟在桌面上，把剩餘的蠟燭插上去，這才空出了兩隻手。

她回頭看了眼乖乖巧巧跟在自己身後，什麼話都沒問的兒子，頭一回露出了一抹淺淺的笑。

染翠想，自己這輩子一定看不到比娘的笑容更美的笑了。

「如今回想，我娘那時候應當是拿我當槍使了。」且若是他這個兒子死在那場意外中，更是最好不過。

後半段話，染翠遲疑了下沒對黑兒說，他怕男人又控制不住脾氣。

他很多年沒想起自己的娘了，偏偏來到盧雁縣後，過去種種記憶突然如潮水朝他撲襲來而，有心想躲都躲不掉。

黑兒心裡對染翠的母親蒲二小姐，很是不喜歡。

據染翠說，他娘其實到最後都沒告訴過他自己的閨名，連姓都沒提到，還是他自己從別人嘴裡聽來的，就是那次落水事件，他聽到林小娘叫自己的娘蒲妹妹。

那時候，染翠年紀幼小，只要蒲二小姐有心，除了他爹之外，就只有丫鬟晴兒及奶娘能見著染翠與他說說話，自然無人提及蒲二小姐的閨名。

要不是染翠記事早，腦子又聰慧，就算有心要找尋自己的母親，也只能雙手一攤抓瞎。

黑兒一輩子沒見過這種娘，即使透過染翠的講述，都令黑兒莫名毛骨悚然，心裡一陣陣發涼。這不單只是把兒子當槍使，甚至於對自己的兒子半點母親該有的愛憐或親暱都沒有，就是養隻小貓小狗也不至於如此疏忽冷淡。

「你不氣恨她？」半晌，黑兒只乾巴巴這麼問道。

「為何要氣恨？」染翠歪頭瞅著他問，臉上的不解是實打實的。

「我早就不是三歲的小娃娃了，當年我娘把我賣去小倌館，我與她此生的緣分也就盡了。過去我還會想，為何我娘要那般對待我？她為什麼那般厭惡我？可如今我算是明白了，她恨的不見得是我，而是我爹。」

染翠看得透徹，黑兒心裡卻不得勁。

不管蒲二小姐因何緣由，都不該對自己的孩子那般狠心。

「她可以不要帶你走……」黑兒緊了緊懷裡的人，照染翠的說法，他爹家裡很有錢，對這個孩子也是寵愛的，就算沒了娘之後過得會苦一些，總比染翠後來在小倌館裡獻媚求生，到後來逃走在路上流浪當個小乞丐要來得好。

染翠就應該被好好養著，他聰慧腦子又靈活，說不定能成就一番大事業，而不是……黑兒用力抹抹臉，突然察覺自己有些魔怔了。

鯤鵬社在染翠手中發展得如日中天，可以說日進斗金都不為過，更別提那些性喜南風的男子

總算有了個尋覓良人的管道，稱得上功德無量，這難道不能算大事業嗎？

適才他所想的，對現在的染翠來說，太過於失禮，幾乎是否定了他一路走來的辛苦經營、否定了他半生辛苦的成果。

他就是忍不住想，若染翠還是個富家公子，年幼時不用辛苦漂泊，在吃人的世道中苦苦求生，是不是……會更好？

「你傻啊，我爹那樣的後院，不比小倌館乾淨多少。在小倌館還有子清兒護著我四年，後頭又托了文公子的福逃出生天，雖然做了一陣子的小乞丐，可不也遇上了義父嗎？」

染翠在黑兒懷裡翻了個身，那臉苦大仇深的表情，噗哧笑出來。

「你啊你，老替我擔這些沒必要的心做甚？你認為我在那個後院，沒了母親照拂，這個娘還逃走了，我爹心裡那口氣會朝誰發作？那些個姨娘兄長們，又會怎麼欺負我？」手指點了點黑兒眉間的褶皺，染翠笑吟吟道：「左右這些都是老黃曆了，沒必要再多臆測。」

「那你……和丘天禾之間又打算如何？」心中鬱氣依然不減，可黑兒也知道自己終歸是個外人，染翠都說不介意了，他操什麼心？索性把丘天禾提溜出來換個話題。

「你不是讓我去睡自己表弟嘛？」染翠笑吟吟地調侃。

「別胡說。」黑兒被說得面皮一紅，著實拿懷裡的小狐狸一點辦法都沒有。

「不逗你了，別臉紅嘛。」染翠伸手在黑兒臉皮上刮了刮。

「那你的手就別胡來。」黑兒長嘆口氣，把在自己臉上做亂的手一攏，按在自己腹上。

染翠驕縱地哼了兩聲，腦袋靠在黑兒肩上蹭了兩把。

他這會兒側身窩在黑兒懷裡，兩人擠在窗臺上，外頭的晚霞已經只剩下天邊一抹紫，天色已經完全暗下來。先前兩人說著話時，阿蒙與于恩華進屋子裡把油燈都點上了。

今日因為染翠等四人在外頭用飯用得晚，這會兒雖到了平日晚膳的時間，卻無人來請。染翠明白這是小李掌櫃的體貼，揚聲把阿蒙叫進來，讓她去請大小李掌櫃和管事們先用飯，不用餓著肚子等他們。廚房火種先不滅，晚些要是餓了，他們再自己做些湯麵吃就成。

阿蒙領命而去，不多久就回來了。

她說小李掌櫃謝謝染翠的體諒，會替他們留些菜溫在灶臺上。

等阿蒙離開後，屋子裡又只剩染翠與黑兒兩個。

染翠把玩著男人的手掌，一下用自己手貼上去比大小，一下抓著黑兒的手指玩，把兩隻手上的每一道瘢痕都摸過一回才甘心。

黑兒任著他對自己的手做亂，雖然一句話都沒說，氣氛卻很是愉悅溫馨。

也不知過了多久，染翠主動開口道：「雖然我不氣恨我娘，也能明白她做的那些事情，對我爹也沒有任何孺慕之情，可是……」

「你還是想見見自己的親人。」黑兒替染翠補完了未盡的話語，低低嘆了口氣。

他先前就擔心，染翠這樣的通透不見得是好事，最後究竟問不問、查不查都無所謂，染翠想怎麼做他都願意陪著。可先前那番雲淡風輕的話，彷彿方方面面都看透徹的灑脫，反過來說也是種抗拒或逃避。

如此久了，這樣的心緒就會化作沉痾，反倒將人困住。所幸染翠自己想明白了，真正的灑脫並非避而不談。

「認個弟弟回來肯定有意思吧。」染翠彎眼一笑，黑兒再如何駑頓腦子轉得慢，也能在他眼中見到一絲頑皮與不懷好意。

丘天禾一早醒來，就發現自己的右眼眼皮跳個不停。

俗話說：「左眼跳財，右眼跳災。」

丘天禾本不是個聽信怪力亂神之事的人，卻被跳得有些膽戰心驚。

這兩年來他每日早晨醒來梳洗過後，便著手替一雙兒女熬粥炒幾樣小菜，等做好了就去喊孩子起床，兒子年紀稍大可以自己吃，女兒還小得靠他餵著，不過孩子們都很乖巧，吃飯時不吵不鬧胃口還好，十分省心。

當初他與孩子的娘成親後，就在離縣令府不遠的一片幽靜民居買了一間二進的宅子，帶著妻子搬過去專心經營自己的小家了。

孩子的娘過去之後，岳家原本擔心他一個大男人帶兩個孩子不方便，也怕他不懂得照顧孩子，提出要把孩子接過去養的要求。

左右丘天禾每日都要去縣令府辦差，岳丈一家是縣令赴任時從老家帶出來的家生子，自然住在縣令府中，丘天禾仍然天天能夠看到孩子，也算是個兩全其美的主意。

不過，丘天禾拒絕了。

他這人，出生在麻林那樣的小地方，身邊自小看到的就是男人要有肩膀，頂天立地才是，讓岳家幫扶自己，先別說面子上的問題，他自己心裡的坎就過不去。

再說了，他是娘親再嫁時帶過去的拖油瓶，娘親與繼父生了弟弟妹妹後，他都得幫著照顧。還是個半大孩子時都能替娘親分擔拉扯年幼的弟妹了，沒道理如今堂堂七尺男兒，卻照顧不了自己的孩子。

所以兩個孩子與他很親近，家裡大大小小的事情他也不大瞞著孩子，只交代不能往外說，包括自己的姥姥、姥爺全家。孩子們很是乖巧，將他的交代牢牢記在心裡，從不往外饒舌。

也因此，當他決定聽從本性，找個男人過日子後，很快就對兒女們坦白了。

孩子們也許是太小了，也許是太信任他這個爹，儘管疑惑為何不是再找個娘，而是要找個小爹或大爹，但既然爹保證了會繼續疼他們，也會找個疼他們的人回來，自然沒有哭鬧反對了。

能讓他下定決心，也是因為透過關係知道了鯤鵬社這個南風祕密結社的緣故。又聽說縣城裡就有鯤鵬社的分社，離他家竟然也不遠，這才鼓足了勇氣依照打聽來的方法，順利加入了鯤鵬社，也拿到了那本讓他翻看了好幾回的《鯤鵬誌》。

上次眼皮跳這麼厲害的時候，是他的《鯤鵬誌》被兒子意外翻出來，拉著妹妹看了大半本，才被他發現。

兩個孩子睜著純真的眼睛，忽閃忽閃地看著他，兒子奶聲奶氣問：「阿爹，那本小人書好奇怪，上頭全都是叔叔。」

丘天禾想，不如來道天雷劈了他吧。

他對子女再坦然，《鯤鵬誌》這事兒也不知該怎麼開口呀！

難道問他們：「這是爹爹前些日子提過的，要找給你們當大爹或小爹的人選，你和妹妹喜歡哪個呀？」

真這麼問了，孩子小的時候也便罷，等他們開始進學讀書後，通達世務知曉事理後，肯定得埋怨自己的。

囁嚅幾聲，丘天禾只得裝作若無其事，但慎重地對兒子道：「這是只有爹爹可以看的書，以後就算看到了也不能翻開，明白嗎？」

女兒今年才三歲多，懵懵懂懂地點點頭，她連小人書都看不懂，剛剛還是哥哥拉著她，甚至拿糖給她吃，才跟著一塊兒看的。

兒子也不過五歲，眨著一雙大眼睛，「喔」了一聲。

而今天，他眼皮跳得比那次要嚴重得多，早上連菜都沒辦法炒了，乾脆把東西全扔進鍋裡，煮個肉粥得了。

熬著粥，他站在灶臺邊思索，自己這些日子也沒幹什麼特別的事情，頂多就是昨天去見了一位鴿友……哈！丘天禾靈光一閃，該不會是鴿友有問題吧？

可轉念一想又不對，鯤鵬社對會員的保護向來是有口皆碑的，要真有什麼不上檯面的惡人，壓根別想加入鯤鵬社，他先前也與幾個會員交換過信件，只是對於交換鯤鵬圖這檔子事，他一直不習慣，每回見到鯤鵬圖，他就突然不想繼續認識那隻鯤鵬的主人了。

也只有昨日見面的那位公子不同……想起昨日的會面，他不由自主地哼起曲子來。

對方是個長得非常漂亮有些雌雄莫辨，卻絲毫不讓人覺得女氣的公子，有一雙明媚善睞的狐狸眼，眼尾微勾眼神裡也像帶著勾子，每每把他看得臉紅心跳，手腳都不知道該怎麼擺才好。

他倒是對這位染公子沒有什麼非分之想，只是愛美之心人皆有之，好看的人誰都愛多看幾眼的。更別說，他們還聊得有來有往，丘天禾從來沒碰上過聊得如此投機的人。

所以，昨日分別前，他對染公子說，儘管兩人恐怕不適合牽扯情愛，但希望能交個朋友。

染公子一開始似乎有些訝異，但隨即笑開來說自己也是這麼個想法，沒料到他卻先說了。

兩人分別前還約了改日一起登山，染公子主動提議讓他帶孩子一塊兒去郊遊，他自然答應下來了。

這麼一細想，就算被人見到他與染公子見面又如何？誰會對兩個男人相約踏青有別的想法？

丘天禾是個謹小慎微的人，他細細在心裡把這幾天身邊發生的大小事都掰碎了審視，可直到粥都快熬糊了，他也找不到哪裡出了問題。

罷了，說不準自己想多了呢？畢竟，也不是每回眼皮跳，都出現兒子與女兒看《鯤鵬誌》那等糟心事的。

昨日與今日輪到他休息，既然昨日跑去見了鴿友，今日就好好陪一雙兒女，中秋的大市集已經開始了，也許該帶孩子去走走看看，買些新奇古怪的東西？

也不知是不是自己不再鑽牛角尖，眼皮倏地就不跳了，丘天禾心裡高興，既然要去逛市集，那早上得吃好些，索性把剩下三顆雞蛋全用麻油煎了。

父子三人吃了頓飽飯，他帶著兒子讀了一會兒《三字經》，孩子已經能背出大半本，就是字還認不全，也還寫不完整，老是缺胳膊少腿的，他想自己得多花點時間帶兒子練，等孩子再大點，就能送去私塾讀書了。

至於小女兒，她一個人乖乖坐在旁邊聽著爹爹偶爾對哥哥說的聖人故事，一邊玩布娃娃，嘴裡含糊哼著聽不清楚的兒歌，頗能自得其樂。

直到巳時，丘天禾才收起《三字經》，叫孩子們換件好看的衣服，要去逛市集了。

兩個孩子聽到後險些沒樂瘋，兒子拉著妹妹像一道小旋風捲進了臥房，自己換好衣服後再替妹妹換，還替妹妹綁了兩個小辮子。

不到一刻鐘，孩子打扮好了，可以出門了。

才這麼想，大門卻被敲了敲。

「誰啊？」丘天禾疑惑，這個時候一般也沒有鄰居會來串門子。

門一打開，昨天才見過的，屬於染公子的那張臉龐，出現在眼前，除此之外還有個黑臉的大

漢、昨日見過的阿蒙姑娘及一個小廝。

丘天禾愣了半晌都沒能緩過神來。

直到染翠率先開口問了句：「能不能進濟民兄家打擾一會兒？」

濟民是丘天禾的字。

「行行行，進來吧！都進來吧！」丘天禾這才回過神，連忙拉開門把幾個人迎進屋裡。

「爹！要出門了嗎？」小男孩從偏廳的門邊支稜出小腦袋瓜，小女孩也有樣學樣支稜出腦袋，在瞧見好幾個陌生的大人後，颼一下縮回去。

「爹爹有客人？」小男孩倒是沒那麼害羞。

「對，出來叫人。」丘天禾連忙招呼兒女過來。

男孩帶著妹妹，小臉上滿是好奇地靠過來。

「這位是染伯伯，這位是阿蒙姐姐。」丘天禾介紹道，染翠臉看著年輕，其實比他要大上兩歲，阿蒙還是個大姑娘也簡單。

兩個孩子乖乖的一一叫人。

就是還有兩個人他也不認得，連忙問了聲：「丘某失禮，敢問兩位如何稱呼？」

「在下黑兒，是大掌櫃身邊的人，請丘公子不用多禮。」黑兒拱拱手，他昨日沒能仔細看丘天禾，今日靠近一看，只覺得眼前人文弱俊秀，眼型雖生得好卻不若染翠那般明媚，可這樣一雙眉眼不知為何，就是與染翠有三分神似。

「黑兒兄。」丘天禾連忙拱手回禮。

「丘公子叫小的百善就行。」于恩華也學著黑兒拱拱手，白嫩的臉上笑吟吟的。

兩個孩子顯然對他最感到親切，不等父親交代就親親熱熱的喊哥哥，至於黑兒大概是膚色太黑，人又高大健壯，在孩子們眼裡恐怕和會吃人的黑熊長得一樣，小女孩癟著嘴不敢叫也不敢哭，男孩倒是畏畏縮縮地喊了聲伯伯。

染翠從懷裡拿出兩個上頭畫了繽紛花草蟲鳥圖樣的油紙包，大一點的遞給男孩，小一點的遞給女孩。

「這是伯伯給的見面禮，都是些糖和吃食，你們別客氣。」

「太讓您費心了。」

丘天禾搓著手略有些惶恐，他和染翠交情還沒好到可以上門作客的程度，再說了，染翠是如何得知他家的所在？難道昨日跟蹤了自己？眼皮猛地又跳了幾下。

「不費心，都是街上賣的小東西。」見小孩兒一臉渴望卻不敢拿，染翠直接把東西塞進孩子懷裡，「也是我有求於你。」

有求於他？丘天禾心中不安更勝，不禁後悔自己當時為何答應與染翠見面？他就不該被美人給迷惑了，若家裡只有他一個人也便罷，是好是壞獨自承擔。可現在還有兩個孩子，雖說他與亡妻只算相敬如賓，但兩個孩子仍是他們的寶貝。

要是有什麼好歹，他如何面對亡妻？

想趕人，顯然是不可能的。先不說他雙手勝不勝得過染翠與阿蒙兩人，光那個膚色黝黑、鐵塔般的黑兒，恐怕輕易就能捏死他。

「你別這般緊張，我不是什麼窮凶極惡的人，不會動你和兩個小孩一根指頭的。」染翠似乎被丘天禾的提心吊膽逗樂，揮開摺扇擋住半張臉，那雙笑意盈然的狐狸眼更勾人了。

「染公子，你有什麼話就坦然說了吧，丘某著實經不起嚇。」驚惶過後，丘天禾也從染翠的神態裡察覺到了善意，人也稍微冷靜了些。但還是不忘把孩子往自己身後藏了藏。

「在下有一事請教濟民兄。」染翠也爽快，不再繼續逗弄這個還沒相認的表弟。

「請說請說。」

「染某冒昧問一句，令慈閨名是否為蒲芝蘭。」這問題可謂非常冒犯了。

丘天禾愣了愣，隨即臉色大變。

「看來是了。」染翠點點頭，收起臉上閒散的淺笑。

「你是誰？你為何知道我娘的閨名？不對……你從何得知我住在何處？」丘天禾抓著孩子連退數步，驚疑不定瞪著眼前幾人，才剛放下的心又高高吊了起來，做好拚命的準備了。

「表弟，我是你表哥啊。」

語不驚人死不休約莫是染翠的處世原則之一，淺淺淡淡一句話如驚天雷，猛地劈在丘天禾腦門上，讓原本劍拔弩張的男人，呆愣了一瞬。

「表哥？」丘天禾覺得自己在聽笑話，他娘沒有娘家沒有兄弟姊妹，他哪裡來的表兄弟？

「這事就說來話長了，你要是不嫌麻煩，咱們去麻林鎮見一見你母親可否？」染翠神態輕鬆地笑問。

丘天禾當下就想拒絕，可看看黑兒砂鍋大的拳頭，再看看自己身後兩個抓著油紙包惶然失措的孩子，再想想繼父家還有兩個壯年的弟弟……

「不麻煩。」是好是壞，總之去了麻林鎮就知道，起碼還有一拚之力。

第八章 黑兒，你知道有句話叫做欲蓋彌彰嗎？

「只有一種可能，你知道芎宜，
但你不想讓我知道這件事，所以索性隱瞞到底，
任何與芎宜有關的事情，你都裝傻充愣說不知道。」
「黑兒，你為什麼騙我？」

丘天禾的繼父姓黃，在麻林鎮種苧麻，還有幾塊良田種自家吃的菜，大兒子與他一樣務農，而小兒子則去造紙廠學手藝，三個女兒都嫁得好，不需要他多費心，一家人小日子過得挺滋潤。

黃家的屋子在麻林鎮上也算是數一數二的大氣漂亮，用的都是磚廠裡頂尖的那批磚頭，整整三進院子。

兩個兒子娶親後都生了孩子，仍舊都能住得開，不會委屈了誰。

黃老漢個子五短，人卻長得極壯實，樣貌平凡看起來忠厚老實。他也確實不是個苛薄的人，鄉里鄉間都處得很好，平生最得意的除了靠一己之力拚搏出來的三進院子，就是自己那個如花似玉的老婆，以及五個無論身高相貌都隨了娘的孩子。

說起黃老漢的婆娘，那可是十里八鄉的一朵嬌花，若不是曾嫁過人還拖了一個油瓶兒子，哪裡輪得到黃老漢得意。

這個便宜兒子長相隨了他娘，白皙俊秀看起來像個讀書的老爺，黃老漢剛娶到丘家寡妻，那麼美一個女人，自然寵得如珠如寶，至今都沒讓他婆娘下過地。

所謂愛屋及烏，他看那油瓶兒子也算順眼，想著不知道哪時才能有自己的孩子，也就盡心盡力當自己的兒子般照養起來。

誰成想，他婆娘肚皮也是爭氣，第二年就幫他生了個胖大小子，這孩子也隨了娘，圓圓胖胖的像顆白饅頭，黃老漢喜得在出月子那天辦了個延續三天的流水席。

不過，即使有了自己的血脈，他也沒苛待丘天禾。即使沒讀過幾天書，連自己的名字都寫不全，但黃老漢卻不是個莽撞的傻漢，家裡既然不缺一張吃飯的嘴，還不如施恩給丘天禾，免得萬一結了仇而鬧得家宅不寧，著實沒必要。

再說了，便宜兒子雖然不是他黃家的種，但與他孩子不近不遠總是兄弟，他婆娘也疼這個大

兒子，要是養得好了，也是家裡的一個助力。

所以，丘天禾的日子並沒有變得難過，甚至到了進學的年紀，還上了兩年學堂，真要說他心裡也是感謝繼父的，所以還沒離開家鄉前，盡心盡力替家裡做事，這棟三進的宅子深了講，也有他的一份力。

後來他要離開家鄉前往縣城時，他繼父拿了幾兩銀子貼補他，說是城裡生活困難，一文錢難倒一個好漢，多帶些盤纏將來才能在城裡站穩腳跟。

可以說是非常仁至義盡了。

也確實多虧了這幾兩銀子，丘天禾沒有在縣城吃到太多苦。所以即使後來不常回家，可與家裡的關係依然算得上親厚，也經常送些禮物回去。

一行人到達麻林鎮的時候，都已經接近傍晚了，幾人在鎮上的旅店裡要了三間房，丘天禾這次回來也帶了一雙兒女，他頭一回向縣令府請假，老管家有些訝異但也沒多問，很爽快地准了假，還大方地給了兩天，索性當作帶孩子回來探親。

來時的路上，染翠已經把兩人的淵源說給丘天禾知道了，也表明了自己是鯤鵬社大掌櫃的身分，總算讓丘天禾完全安下了心，同時也在心裡暗暗慶幸，還好他沒有看上染翠，否則不就是一筆爛帳嗎？

經過商量，丘天禾決定回家住一晚，先和娘提提這件事，明日再帶染翠回去拜見老人家。

卻不想，丘天禾離開才一個多時辰，旅店正打算關門落鎖時，他竟帶著黃大娘，也就是曾經的蒲家大小姐找了過來。

歲月催人，蒲家大小姐如今年歲也不小了。

雖然因黃老漢愛護，她看起來還是美麗的，並沒有尋常農婦那種操勞的疲憊，肌膚依舊白皙如羊脂玉，身材也許因為日子過得好，加上生育過多個孩子有些微胖，乍看之下誰也不會料到，她曾經是個官家小姐。

那段父母疼愛、手足相親的歲月，在她的人生中只占了非常小一個部分，這麼多年來，她幾乎想不起來自己曾經過得無憂無慮，醒來不是讀書就是和母親學女紅與管家，他爹雖然更看重兒子，可也沒有委屈自己的女兒，甚至特別請了女夫子教她和妹妹讀聖賢書。

如今，她的人生都是圍繞著丈夫、兒女與孫子轉的，與黃老漢生的兩個兒子都已經當爹，她現在過著含飴弄孫的小日子，多少人都羨慕她好命呢？

卻不想，許久沒見的大兒子一回來，就同她說了個讓她心神平靜不下來的消息……她妹妹的兒子？

像有一盆冷水直接當頭澆在她身上，當下就按捺不住，催促兒子帶她去見人。

染翠這時剛沐浴完，懶洋洋地窩在黑兒懷裡看帳本，左右也是閒著，趁機查查盧匯分社的帳本也無不可。

這還是小李聽他對黑兒咕噥外出路上無聊，也不知道能幹什麼的時候硬塞給他的，說是讓大掌櫃幫著核算。

「你看看，他們半點都沒把我這個大掌櫃看在眼裡。」這句話說得簡直不能更恃寵而驕了。

黑兒就像個被美人迷暈了心神的昏君，同仇敵愾幫著染翠數落了小李掌櫃幾句，結果美人反倒不高興了，說大王你這是看不起我用人的目光嗎？噘著嘴大大嬌嗔了一場，昏君還能怎麼辦？

自己的美人當然得寵到底，老老實實地道歉表忠心便是。

兩人正嬉鬧著，房門被敲了敲，傳來于恩華的聲音：「主子，丘天禾帶著黃夫人來了。」

染翠立即從驕縱美人的身分裡抽出來，訝然：「黃夫人找來了？不是說好明天再見一面嗎？」後面這句話是問黑兒的。

「或許她也急著見你。」說著，黑兒將染翠放到一旁的椅子上，起身去開門，對等在外頭的于恩華說：「你先請黃夫人和丘天禾去你屋裡稍待。」

「知道了。」

于恩華探頭看了眼房內，桌上散放著幾冊帳本，而大掌櫃沒束髮、沒穿鞋，身上披的外袍也歪歪斜斜，肯定不能直接見客的，好歹得拾掇一番。

染翠對于恩華擠擠眼，笑了聲：「讓阿蒙泡茶，別忘了把帶來的點心拿出來招待黃夫人。」

「知道了。」

于恩華領命而去，要不是桌上有帳本，黑兒衣著還算整齊，他都要懷疑大掌櫃和黑兒適才在做些不合時宜的勾當。

關上房門後，黑兒回到染翠身邊，「把褲子穿上。」不容置疑。

「知道知道。」

畢竟要去見自己的大姨，染翠也不真是個孟浪之人，更多的是口花花調戲黑兒罷了，誰出門還不穿戴整齊呢？

在黑兒的幫忙下，染翠很快拾掇妥貼，選了一身素色長衫，而不是慣常穿的那些花色張揚的衣裳，這才讓黑兒過去請人。

「沒想到，你還活著？」一見到染翠，黃大娘脫口而出。

她沒讓兒子陪自己過來，臉上的表情自然也沒特意控制，慘白得有些嚇人。

聞言，黑兒臉色一沉，逼問道：「妳為何這麼說？」

黃大娘哪經受得住黑兒身上的氣勢，渾身猛地一抽，瑟瑟顫抖：「我、我沒別的意思！我就是本以為、本以為那個孩子也一起死了。」

一起死了？敢情死的還不只「染翠」一個？

染翠與黑兒交換了一個眼神，見黑兒還想開口再問，染翠連忙抬手制止，眼前被嚇得跟隻鵪鶉一樣的女人可不像黑兒以前審過的奸細，他也不看看自己眉目硬起來的時候有多凶神惡煞，染翠今天是來認親的，可不能把自家大姨嚇出好歹來。

「大姨……我能這麼叫您吧？還是，稱呼您黃大娘？」染翠把黑兒推到一旁，示意他別說話，上前扶了幾乎站不住的黃大娘一把。

「都成……都成……」

黃大娘被染翠碰到時又猛地一哆嗦，等確定了扶著自己的手是溫熱的，這才稍微鬆了一口氣，在染翠的攙扶下蹣跚地坐下。

「那我就不客氣叫您一聲大姨了。」

染翠多八面玲瓏一個人，只要他願意，輕易就能和人熟捻起來，即使遇到商場上的老狐狸，也從沒落過下風，不說稱兄道弟，但也可以做到推心置腹了。

黃大娘畢竟是個鄉間農婦，早已不記得當年受過的閨秀訓練，加之對染翠有種道不明的愧疚與血緣上的親切，用不了幾句話的工夫就被哄得開始向染翠掏心掏肺了。

「翠兒啊，適才大姨不是咒你，而是……」黃大娘嘆了口氣，既然確定眼前人活生生的，自己的兒子也沒被騙，原本有的一些畏縮跟拘謹也消散了大半。

「莫非，我家裡出大事了？」

這個消息出乎染翠的預料，他本以為自己父親家大業大，就算坐吃山空了，也不至於讓黃大娘誤以為自己早已死去，怎麼也該問他流落何方才對。

「確實是大事。」黃大娘點點頭，又嘆了口氣，心疼地瞅著染翠，「你既然找上了大姨，那就應該知道，當年發生在你外祖身上的事情？」

「知道。」染翠點點頭，把自己知曉的部分都說了，末了好奇問：「既然外祖被平反，您怎麼沒回望朝縣呢？朝廷應當會有撫卹才對。」

黃大娘躊躇了下，垂下腦袋躲避染翠的視線，「我原本是想回去的，可是秀兒那時候來找我，叫我不要出面，好好在麻林鎮過安生日子，又給了我一筆錢……那當口，我剛死了丈夫，天禾年紀還小，我沒辦法只得同意了。」

「娘來找過你？」

染翠從滿月送來的消息裡知道自己的娘閨名蒲毓秀，他怎麼也沒想到娘親竟然和大姨還有見過面？

「找過……」黃大娘迅速抬頭看了染翠一眼，又躲開來，「我其實一開始連爹被平反的事情都不知道。麻林鎮是個小地方，消息也不通暢，朝廷發生什麼大事也傳不到這裡來……」

「也是這個道理。所以我娘是特意來告訴大姨，外祖被平反的消息嗎？」染翠嘴上問得溫和，心裡卻琢磨出不對勁來。

就他知道的消息，蒲家一案牽連極廣，朝廷肯定會想辦法找到當年蒲家的人，一一撫卹才對。也就是說，即便黃大娘被買來麻林鎮，但這場買賣是有登記在刑部檔案上的，畢竟發賣罪臣子女是刑罰之一，案件卷宗上肯定寫得明明白白，輕易就能查到。這也是為何他先前看到滿月寄來的消息上寫，找不到蒲二小姐下落時，會冷笑一聲的原因，滿月定然是查到了，肯定也知曉蒲二小姐與他的關係，卻刻意不提起罷了，算是對他示好。

可娘親為何找上黃大娘呢？

黑兒顯然也想到一起，對染翠使了個眼色，這件事有貓膩。

黃大娘沒察覺眼前兩個年輕人之間的暗流湧動，她胡亂點頭，「是啊，也不知她怎麼找到了我，當年我比她晚被買走，照說她不會知道誰買了我。」

「大姨，您知道當年買了我娘的人是誰嗎？」染翠索性不抓著平反這件事繼續問，黃大娘顯然有事隱瞞，問多了反而打草驚蛇。

「知道的……」黃大娘顯然放鬆了些許，用慈藹的眼神看著染翠，「你長得很俊，我當年見過你爹一面，也是個很俊的男子，你和他有七分像。」

「我倒是不大記得爹了。」

染翠苦笑，端起茶啜了口，像是要遮掩臉上的神情，可惜成效不彰，還是被黃大娘看出了他的孺慕與惶然。

不過，這當中有多少水分，只有黑兒知道了。染翠除了爹的姓名不記得了，其餘的事情可半點沒忘，這會兒其實是給黃大娘下套，想看她對自己隱瞞了多少。

「你爹是望朝縣當地的世族本家長子，還是家中的獨苗苗，雖然家住在望朝縣，可生意據說

是拓展了半個大夏，連朝廷裡都有人脈，所以我爹在望朝做官的時候，對他們家也是小心翼翼不敢得罪。」這話說得挺漂亮，也算是很顧慮染翠的心情了。

不過說白了，他爹就是地方惡霸，連一縣之長都沒放在眼裡。

「這樣啊……」

染翠輕嘆，眼神迷離似乎在遙想曾經的過往，回想疼愛自己的爹娘……

黃大娘見了他的模樣，又侷促了起來。

「不過，你爹他們後來遇上了禍事，被牽連進朝廷中的一樁大案子裡，據說是滿門抄斬，十歲以下的男孩全被流放，女孩則沒入教坊。我聽說他們流放到西北去，你也知道當年西北是什麼景況，大姨才會以為你也……」說著，黃大娘低下頭嘆息。

「我不知道原來發生了這些事。」

染翠這會兒是真的訝異了，他突然明白為什麼他娘要將他一起帶走，還是爬狗洞離開的，雖然兩年後他爹才遭殃，可若把他留下，恐怕真會小命不保。

「你不知道啊？那你……你……」

黃大娘也甚為意外，她原本以為這個外甥應當是被妹妹留在那個家裡，孩子肯定也吃了大苦頭，也許是流放途中遇上什麼機緣，這才逃出生天的，但顯然不是這麼回事。

「我是被娘帶走的，不過路上走散了。」也不能說這是謊話，委婉一點說他娘只是將他忘在了小倌館也不算錯。

韓子清先前提到過，當時他只賣了五十文錢，還是鴇母怕他娘回頭討孩子，這才硬給的錢。不過後來這五十文在染翠的衣兜被找到，他記得娘離開前替他整理了下衣裳，應當就是那時候塞進去的。

等於，他娘把兒子扔在了小倌館，這不能算賣兒子，只能算丟了東西。

「秀兒她……帶你走啦……」黃大娘喃喃低語，神情透露出藏不住的訝異。

「大姨？」

染翠自然明白黃大娘為何如此驚訝，他娘對自己的厭惡藏都藏不住，甚至兩歲那年想借別人的手害死他，只是最後沒得逞罷了。

現在聽聞母親說不定保了自己一命的事，他自己都不可置信。原來他娘帶他走，不單純是為了折磨他，或說折辱他爹的孩子，保不定還真是出於不忍心或一絲淺淡的母子之情。

畢竟，在小倌館裡也許活得不好，可咬咬牙還是能活下去的。

「沒什麼……沒什麼……」黃大娘迅速看了染翠一眼，低下頭摸出帕子抹了抹臉，「你娘畢竟還是心疼你。」

語氣虛浮得要命。

染翠突然覺得有些厭煩了，這個大姨顯然知道一些事，卻沒打算說出來，看起來也挺怵他娘的。他這次前來，本意是想也許能認回一個親人，誰知道平白聽到好些令人煩悶的往事，他對黃大娘這個大姨，也沒了來往的想法。

「大姨，我知道妳有話不願對我說，但我就問一件事情，表弟在縣令府上的差事，是我娘牽的頭吧？」他累了，繼續彎彎繞繞沒意思，索性把話挑明了說。

「不！不是！這是、這是天禾的奶奶的遠房表親，嫁給了縣令這才願意幫他一把的！」

黃大娘險些沒從椅子上跳起來……之所以是差點，蓋因黑兒瞪了她一眼，把她的腿給瞪軟了，整個人不受控制地抖如篩糠，臉一下紅一下白，原本的美麗全都消失無蹤。

她撐著桌子想起身，連用了幾次力都癱軟得動不了，臉色難看得像個死人。

「大姨，這個藉口妳自己聽聽，妳信嗎？」染翠溫柔地伸手過去，拍了拍黃大娘軟得跟麵團似搭在桌沿的手。

簡直像被毒蛇給咬著了，黃大娘猛地往後仰，連人帶椅地摔倒在地。

「我不明白，大姨。妳為何如此害怕？表弟受了我娘的恩惠，也不是什麼見不得人的事情，還是說這是個攏絡，為了從妳嘴裡換到某個承諾？」染翠依然閒適地端坐椅上，雙眸帶笑地瞅著張著嘴卻發不出聲音的黃大娘，絲毫沒上前扶一把的打算。

「我……我……」

黃大娘腦子嗡嗡響，眼前的外甥長得不像妹妹，所以她一開始是真心實意的心疼這個孩子。可現在她算是明白了，無論外貌像不像，染翠實打實是從她妹妹肚子裡鑽出來的，那種彷彿把人看透了，照著死穴不留情地撩撥的脾氣，一模一樣。

「妳害怕的定然不是我，我有什麼可怕的，都是平民百姓，妳也沒什麼把柄在我手上。」染翠纖細的手指輕輕叩在桌上，細微的咚咚聲攫住黃大娘的心跳，她感覺自己被這個外甥給死死拿捏在掌心裡，可以隨便捏圓搓扁。

「我唯一能猜的原委是這樣的，當初外祖的冤案肯定與我爹有干係，雖然我現在猜不到是什麼，但妳應當在其中出了點力。所以我娘才會恨極了我爹，並且在平反後刻意找上妳，不知道用什麼把柄威脅了妳，讓妳不敢回去領朝廷的撫卹，甚至還改嫁了。」

染翠見過太多陰私，他甚至都不需要黃大娘說太多，便已經把事情猜了個七七八八。

「你、你胡說什麼！那是我爹！我怎麼會害了我爹！你又怎麼能、能那樣揣測你爹！」黃大娘拚命硬起頸子斥責道，可惜聲音抖得太厲害了，根本是不打自招。

「妳見過我娘，卻以為我死了，這代表我爹被抄家很可能與我娘有關。而我娘不知是得了哪方貴人的幫助，或者只靠著自己的不甘心，終於為外祖平反……我看過那件案子，說是龍顏震怒，主犯被連抄十族，就不知我爹算不算在這十族當中。」

任憑黃大娘否認甚至怒斥，染翠依然淡淡地繼續自己的推斷：「我娘也許看在骨血親情上，沒有對妳做什麼，也或許妳當年並非存心，所以後來妳求她提攜一把丘天禾，她也應允了。只是，要妳絕不能說出是誰給的好處，可能還要妳承諾不能把她的消息透露給任何人，否則……」末了，染翠彎起紅豔豔的唇，意味深長地笑了笑。

黃大娘在看到他的笑容後，雙眼猛地翻白，仰面暈了過去。

染翠眨眨眼，看著暈死過去的大姨，無辜地看向正準備上前把人弄醒的黑兒，「我有這麼嚇人嗎？我就是笑了笑呀。」

「為人不做虧心事，半夜不怕鬼敲門。」黑兒如此回答，卻也不好說染翠適才那抹笑確實有些駭人，也不知哪學來的。

「我學的其實是我娘……」染翠嘻嘻笑道，跟黑兒一塊兒蹲在黃大娘身邊，見黑兒正要動手掐人中，伸手擋了下，「不急，躺一會兒不礙事。」

既然他這麼說，黑兒自然依他。

「當年的事情，真如你推測的一般嗎？」剛好，他也滿肚子疑問需要染翠回答。

「我不知道，你也說我是推測呀！」染翠聳肩，「我就是詐一詐大姨嘛！誰成想她竟如此不經嚇呢？可見我應當猜得八九不離十。」

黃大娘恐怕是畏懼染翠報復，或者妹妹得到消息報復自己，這才一口氣喘不上來暈死過去。儘管不知道當年詳情究竟如何，可黃大娘定然是罪魁禍首之一，只是不知道她是否為自己家破人亡、一輩子遠離了被千嬌萬寵的官家小姐日子的結果，感到後悔過。

「我娘可真是個狠人。」

手段狠，心性也狠，這樣一看，她當年把染翠扔在小倌館裡，算得上是顧念母子情分，心慈手軟了一回。

黑兒不以為然，但又說不了蒲二小姐什麼，試想若換成是他自己，被仇人玷汙了身子，產下與仇人相似的孩子……他可能孩子剛出生就掐死吧。

「也不知道我娘現在身在何方。不過，既然有本事往縣令府裡塞人，想來是有點身分。」

「你想找她嗎？」黑兒問。

「不想，找她做甚？她不會樂意見到我，搞不好還怕我圖謀不軌，乾脆一不做二不休，出手把我弄死了舒心。」

幾件事情下來，染翠對自己的親娘不能說摸透徹了，了解個七八分卻是有的。

原本，他會想來見一見黃大娘，一則是對當年那些往事好奇，況且他儘管對黑兒說得灑脫，但驟然出現了至親之人，仍難以按捺下親近的心思。

二則，他也想透過黃大娘的嘴問問自己的娘，到底為何那般厭惡自己。他對爹沒啥孺慕之情，對娘卻還是隱隱有著依戀。

「今天也不算白來一趟。」染翠打個哈欠，把腦袋靠在黑兒肩上，這樣蹲著實在廢腿，這會兒有些起不了身，「你扶我一把。」

黑兒無奈，小心翼翼環著染翠的腰把人扶起身，好好地坐回椅子上。

「我把人弄醒了？」

染翠比了個請的手勢，連話都懶得說。

黃大娘很快被黑兒弄醒，畏畏縮縮地瞅著染翠跟黑兒，大氣都不敢喘一下。

染翠也不再嚇她，大夥兒以前沒交集，以後也不需要有交集，就當認錯了便是。

一通敲打，黃大娘害怕染翠但更怕自己的妹妹，恨不得今天沒來見這一面，沒想到染翠願意放自己一馬，她幾乎感激涕零。

讓黃大娘喝了茶緩過神後，染翠才陪著她一起去找丘天禾。

見自己娘親臉色不好，丘天禾不免擔心：「娘，怎麼了？」

「沒什麼……沒什麼……唉……」黃大娘哪敢讓兒子看出端倪，所以用袖子遮著臉假裝擦淚，「我本以為染大掌櫃真是你表哥，結果適才對了對，原來是場誤會……唉，你表哥年紀輕輕就走了，為娘想起來就不免難過。」

把一個掛念小輩可惜期盼落空的長輩詮釋得恰如其分，染翠還挺意外，先前與黃大娘幾個交鋒就把人嚇昏過去，他還擔心會騙不過丘天禾呢！

看來黃大娘是打心底怕他娘，他才能輕易拿捏住人。

「原來是這樣……娘，您也別傷心了，也許表哥活得好好的，只是我們無緣相逢罷了。」丘天禾連忙安慰母親，心裡莫名也鬆了一口氣。

他對於自己與染翠是表兄弟這檔子事總有點芥蒂，想來是因為昨日他們原本打算處對象，只是最後沒能成，萬幸眼下證實是場誤會。

「你說的對……唉，娘累了，也不好再打擾染公子，咱們回家吧。」黃大娘一刻都不想繼續多待，略有些焦急地催促兒子。

丘天禾只當母親心裡難受，所以想趕緊回家，於是草草向染翠幾人道別後，帶著母親匆匆離開了。

在染翠心裡，關於自己的身世和娘親，都是老黃曆可以翻篇了。

他在盧匯分社還會再待十天，等中秋一過就要啟程回馬面城。

秋布早已經上市，染翠此時才突然驚覺自己今年沒去挑秋布，甚至都忘了做幾身衣服！這怎麼能行！中秋當天一定要穿新衣裳的，眼看不到十天就要過節了，他當即拉著阿蒙、于恩華還有不情不願的黑兒，熱火朝天的忙碌起來。

這會兒幾人站在布莊裡選布，因為有小李掌櫃作陪的緣故，布莊老闆那叫一個熱情，畢竟小李掌櫃可是大客戶，往年都會採購不少布料。

為了不妨礙到散客，布莊老闆把幾人請到後頭的廂房裡，這是專門給貴客選布的地方，布置得極為舒適，四面都有大片的窗，可隨日光移動打開不同的窗戶，保準不會有光線昏暗看不出布料細節的狀況發生。

黑兒就是個局外人，他未曾接觸過挑布選料的事情，在軍中衣服都是統一做好的，時間到了就會發到手上，他也早就習慣了，從沒想過自己另外做幾身衣服。

還是後來染翠發現他來來回回穿的都是同樣幾套，有些是朝廷發的，有些是關山盡讓人做了送給幾個親兵的。

所有的衣服顏色都是灰黑褐，除了兩件官服外，全是素色面料，一丁點花樣都沒有。

染翠看得眼睛疼，後來才送了黑兒那件袍子，原本想多送幾件的，可黑兒溫和卻強硬地拒絕了，也說得很明白，再送他就一定會退回去，別到時候連朋友都做不成。

好吧！別看黑兒平時染翠說什麼都順著他，可一旦執拗起來，染翠也只能雙手一攤，拿黑兒毫無辦法。

布莊把尋常能見到的最好布料都拿上來了，屋子中央是一張特製的桌子，又長又寬可以把布料攤開來看，這會兒桌上擺了七八匹布，多是綾羅、絹絲、棉布等等，黑兒根本認不全，可染翠等人卻看得很認真。

逐一把每匹布都攤在桌上看一看，低聲討論著能用在哪裡，上頭可以繡什麼花樣，要不要看點已經有花色的布料，還是只看素面諸如此類。

「大掌櫃，你看這匹布料子多好，摸起來跟水流似的。」小李掌櫃說著攤開一匹湖綠色的素色綢緞，染翠伸手上去摸，輕輕呀了聲，面露驚喜。

「真的和水流似的，哪裡的布啊？」染翠顯然很喜歡。

小李掌櫃叫來了布莊掌櫃問了幾句，說是從尹蘿鎮過來的，是今年最好的幾匹綢緞之一，店裡就剩這最後一匹了。

「我要了。」染翠甚至都沒問價錢。

布莊掌櫃笑得臉上褶子都能連成水道圖了，不一會兒又送了更多好布過來。

就小李掌櫃說，這裡是盧滙縣城裡最大的布莊，往年染翠託她買布都是上這兒買的，品項齊全甚至有些達官貴人也愛用的東西。

盧滙縣太過富裕，百姓不怕花錢，怕的是無處可花錢，很多精品反倒不送去京城，而送往盧滙來。

「那敢情好，我可太久沒好好花錢了。」染翠開心得粉頰泛紅，往黑兒的方向睞了眼。

「別送我。」黑兒哪裡看不懂那個眼神？這是打算再送他一身衣服了。

「那可不成，你中秋不陪我去走月玩花燈嗎？」

染翠頓時面露不快，他放下手裡的布，趨到黑兒跟前，用手指在他胸口戳了兩把，「我不管，反正我就要送你衣裳，你得穿新衣陪我過中秋。」

可以說是非常不講理了。

「不穿新衣也能過中秋啊……」黑兒抓住作亂的爪子，安撫地壓在自己下腹上拍了拍。

「就一件也不成？」

染翠鬧不明白黑兒為什麼這麼抗拒他送的衣裳。要說太親密了，但衣裳又不是他自己做的，全請繡娘做的，和街上買、朝廷給的又有何區別？

「我帶了你兩年前送我的那件衣裳。」黑兒想了想，乾脆交了底：「你還沒看我穿過那身衣裳吧？不如就藉機穿給你看？」

染翠有些心動了，他原本也只是想看看黑兒不同平時的打扮罷了，既然黑兒退了一步，那他也不會咄咄逼人。

「行吧，那待會你買些配飾，我幫你挑？」不過得寸進尺還是要的。

黑兒仍有些抗拒，可染翠都說了讓他自己買，如若拒絕恐怕又要一番掰扯，他怕自己不小心被染翠忽悠去了，平白多了幾件新衣裳。

「就照你說的辦吧。」末了只能點頭應下。

得了他的首肯，染翠心情更是好得能飛上天了，他回到桌邊繼續挑布料，這回卻心不在焉的，草草挑了幾匹特別好的布料、幾匹染色的棉布，交代小李掌櫃付錢，放阿蒙及于恩華回去後，便拉著黑兒走了。

這是打算兩人一起逛市集的意思了。

「以前呢，義父每到節日前都會幫我做件衣服，說過節就是要穿新衣服，這樣才好看。」染翠牽著黑兒的手，把人拉去中秋的大市集。

他今天不若平日那般打扮得招搖，一身素雅的衣袍，湖水般的顏色，繡樣用的是銀白兩色，圖樣是游魚，隨著他走動時衣襬翻飛，彷彿像活了一樣游動著。

「董公子很會過日子。」黑兒淡淡回道，這句話其實是他對染翠說的，告訴他這句話的人，是自己的娘。

明明是屯區的軍戶，日子過得緊緊巴巴，他娘卻會想辦法在春節、端午、中秋等等重要的節日替家裡老小做一身新衣服。

用的都是土布，屯區裡崇尚男耕女織，演武外男丁都要下田耕作，女人則多半在家裡織些土布，一部份賣了一部份自己用。

現在回想，娘做的那些衣裳都很普通，沒什麼特別的樣式，卻很合身舒適。土布照說應該偏硬，所以一般新衣都不舒服，俗話說新衣會咬人，就是指料子太粗，就連五大三粗的老爺們，後頸、腦下這等地方也容易被新衣磨破皮，更遑論他們這些小孩。

所以習慣上來說，屯區孩子們的衣服都是拆大人穿舊的布料做的，那樣才會柔軟舒服，就是衣料洗過多次都很薄了，孩子太好動就容易破，經常會看到有些頑皮的孩子光著腚、上身也衣不蔽體的到處跑。

可他娘用的都是新的布料，他那時小不知道娘是用什麼辦法讓布料變軟，就算是新衣服都不

咬人。

後來年歲長了，他猜應當是把要做衣服的布料先拿去洗幾回，讓土布足夠柔軟又不會太薄。說起來容易，做起來卻是很麻煩的，黑兒自己就不耐煩下這種工夫，獨自生活後都買現成的衣裳，咬著咬著也就習慣了。

後來他養了染翠……

「怎麼發愣了？」察覺他神色有些迷離，染翠晃了晃交握的手，「肚子餓了？」

「也不是……」才剛否定，黑兒就聽見自己肚子咕嚕一聲，非常不給他面子。

染翠噗哧笑出來，指指天上，「你還能不餓？這都什麼時辰了，你以為我打發其他人回去為什麼？」

從日影角度看，午時快過去了，先前沒注意到時還不覺得，黑兒眼下感覺自己腹中像有火在燒，這是餓過頭了。

「集市裡很多小食攤子，你想吃什麼？」染翠自然也餓了，他用另一隻手揉揉自己的肚子，嘴上問得大方，眼睛卻盯著不遠處的鮮肉餅別不開眼。

「就先吃個鮮肉餅吧。」黑兒好笑地拉著染翠朝鮮肉餅的攤子走過去。

這攤鮮肉餅顯然名氣不小，都過飯點了還有零零星星的客人在攤子前等著。這種肉餅做得很小巧，一口一個非常適合逛市集的時候吃。

別看餅子小，做工卻半點不含糊，盧滙縣人喜歡吃酥皮，層層疊疊的一咬下去碎屑兒都兜不住，裡頭的鮮肉是紮實的豬肉餡兒，拌著炸過的油蔥酥，醃製的芥菜剁得細碎混進肉餡裡，一口下去鹹鮮香還嗆，讓人停都停不下來，常常一口氣吃十多個都不滿足。

染翠沒這麼大肚量，而且他還有別的想吃的，逛市集最有趣的地方就是吃這些小食了。

「咱們買個一斤就好，我嚐嚐味道就行。」染翠拉著黑兒咬耳朵，「我看到有一攤賣的是滴酥水晶膾，那邊還有荷葉包飯，你應該都有興趣吧？」

「嗯，我都有興趣，你陪我吃吧。」黑兒笑著看染翠一臉小饞貓的模樣，順著他的話說。

「我就知道，所以啊，為了讓你有肚子多吃幾樣東西，我替你分擔一些。」染翠用一種「唉呀，真拿你沒辦法，不過我願意捨命陪君子」的眼神瞟了眼黑兒，喜孜孜的提出解決方案。

究竟是誰替誰分擔，也無須深究，終歸都是要吃下肚的。

染翠雖然舌頭刁卻並非特別重口腹之欲的人，可他喜歡新奇的玩意兒，也喜歡那些讓他懷念的東西，恰好都是市集上容易出現的，這也導致他經常在市集上吃撐肚子。

「以前我和義父住在一個叫芎宜的地方，離翊州的州府很近，當地有個特有的節慶，每年都會熱鬧七天七夜，也有一個很大的集市，連續七天都不熄燈，我和義父都會趁機去逛逛，吃點玩點新鮮的玩意兒。」染翠難得對黑兒提起過去的事情，也許是因為這些日子總在講過去，說著說著就習慣了。

黑兒從攤主手上接過裝在油紙包裡的鮮肉餅，為了方便吃附了個竹籤，不過懂吃的人是不會用竹籤的，那會將肉餅戳破，裡頭的肉汁便會流出來，把油紙包中其他餅的酥皮沾濕，這個餅也就毀了。

剛出爐的餅很燙，尤其是裡頭的肉汁還咕嘟嘟冒泡呢，於是黑兒也不急著吃，帶著染翠先往賣滴酥水晶膾的攤子走。

「你去過翊州嗎？」染翠也知道現在不是吃鮮肉餅的好時機，繼續拉著黑兒嘮嗑。

「去過。」黑兒點點頭。

「那你知道芎宜嗎？」染翠又問，彷彿是隨口提起，黑兒的心卻提了起來，不動聲色地分辨

染翠臉上的神情，猜測他是否意有所指。

「不知道。」

但黑兒從來沒辦法在染翠意圖隱瞞的時候看穿他，所以自然也分辨不出來，到底這個問題是無意還是存心，索性撇乾淨為上。

「那是個好地方。」染翠語帶懷念，輕輕嘆了口氣，接著對水晶膾的攤主說：「多給些地胡椒，我味道吃得重。」

黑兒無言地瞅著染翠，他總覺得有點不對勁，可又說不上來哪裡不對。

「幹啥瞅著我呢？」染翠轉頭笑睨著黑兒。

這句話似曾相識……黑兒莫名抖了抖，一時想不起來，姑且當作無事吧。

於是他搖搖頭，「沒什麼，就想知道怎麼有人臉皮這麼厚，敢讓攤主多放地胡椒。」

地胡椒很辣，剛從海外傳入時，沒多少人敢吃，因為那種辣還帶疼的，剛開始不少人都以為地胡椒有毒。

後來從海外回來的人把正確的吃法傳開來，大夥兒才知道自己以前吃錯了，但多數也不敢多吃，畢竟疼起來不是只有嘴疼，第二日連隱密的私處都得疼。

誰會閒著沒事使勁折騰自己呢？

不過近些年地胡椒的吃法漸漸多了，大夏百姓也比較知道該如何吃，北方雖然還沒傳播開來，南方卻已經將之當成尋常的調料了。

染翠就挺喜歡拿地胡椒當沾料，他不見得多愛吃水晶膾，可卻很愛水晶膾的沾料。

滴酥水晶膾一般用的是羊肉，盧匯縣沒有好的羊，卻有極肥美的河魚，所以這裡改用魚做水晶膾，比羊肉做的多了一份水產的腥味，自然得多用些沾料，這可讓染翠美死了。

不過，染翠腸胃有些弱，地胡椒又刺激，吃多了純粹給自己找罪受，偏偏他還樂此不疲，黑兒都不知道說他什麼好。

「我就吃一兩塊。」染翠也知道黑兒話裡的意思，卻沒有被揭穿的害臊，反而回答得理直氣壯：「我還要吃荷葉包飯呢。」

這是死道友不死貧道的意思啊！黑兒連忙制止了正打算再加一大把地胡椒進沾料裡的攤主，千鈞一髮之際逃出生天。

染翠用竹籤插了一塊切成方形的、沾滿了佐料的水晶膾，一把塞進嘴裡，被辣得瞇起眼，臉上都是滿足。

「芎宜也有做水晶膾的店家，據說是祖傳的手藝。」兩人邊吃邊走，染翠又接著說：「那裡有一種名喚湖羊的羊，特別肥嫩而且沒有絲毫腥羶味，就是不好養所以價格高。一般湖羊都被州府的大餐館搶先訂走了，那間店因為自家有養湖羊，所以才能做水晶膾，一天就兩隻，我和義父幾乎沒能搶到過幾回。」

「原來如此……我以前在西北吃過不少羊，倒不知道有種叫湖羊的品種。」黑兒其實是知道的，他甚至還養過湖羊，就為了給家裡的小孩兒加餐。他出身屯區，別的手藝不敢說，養牲畜的功夫卻是不錯的。

染翠笑了。

「黑兒，你知道有句話叫做欲蓋彌彰嗎？」

黑兒自然知道，心裡猛地一凜，驚覺染翠竟然打一開始就在套他的話！而他是怎麼沒注意著了道的？

「湖羊不是芎宜的特產，真正的產地其實在鵝城，只是後來鵝城養鵝更為出名，加上數量少

外人也就不知道了。」

染翠插起一塊水晶膾，放進嘴裡細細的嚼，嫣紅的嘴唇因為地胡椒的辣味微微腫起，看起來像是嬌嗔一般。

可黑兒的背心滿是冷汗，有種想落荒而逃的心慌。

「你怎麼會不知道湖羊呢？關山盡為了討好吳先生，什麼好東西都會送到他面前，你應當也曾沾了光吃過幾回吧？」染翠顯然沒打算放過他，語氣輕柔卻咄咄逼人，黑兒被問得答不上話，竟畏縮地退了兩步。

「只有一種可能，你知道芎宜，但你不想讓我知道這件事，所以索性隱瞞到底，任何與芎宜有關的事情，你都裝傻充愣說不知道。」

染翠又叉了一塊水晶膾，這回不是自己吃，而是湊到黑兒嘴邊，「來，吃一口，嚐嚐味道和羊角眼的有什麼不同。」

羊角眼就是染翠所說，在芎宜的那間水晶膾老店。

黑兒木然地張口吃了，他頭一次吃魚肉做的水晶膾，雖有些魚腥味，但搭配上偏辣的沾料卻比羊肉做的要爽口許多。

水晶膾不用如何咬，很快就融在嘴裡，順著喉嚨滑下肚，留下一道火燒般的熱度，從喉嚨直達腹腔，燒得他心神混亂。

「你為什麼騙我？」

第九章　翠兒，我們做個約定吧

「我會讓自己活著，拚搏出一個未來，成為將領。」

他一手握著翠兒的手，一手摟著翠兒的腰，

聲音不大卻擲地有聲：

「而你，好好讀書，考取功名，將來我們在京城見。」

「董叔叔、董叔叔——」小少年愛嬌地拉長了語調，甜滋滋地喊著正在練字的年輕男人。

「你這小壞蛋，又想幹啥啦？」

被喊得受不了，董書誠只得放下手中的筆，無奈地瞅著身邊外表看起來玉雪可愛，內裡卻是隻皮猴子的小少年。

「我能不能別背書了？」

小少年舉起手中的《論語》，眨巴著一雙亮燦燦的狐狸眼，一張小臉滿是可憐跟哀求，彷彿在他手中的不是聖賢之語，而是什麼會咬人的毒蟲。

「不能。」董書誠自然一口拒絕，他沒好氣地瞪著小少年，見人鼓起腮頰，小嘴噘得能吊油瓶，不禁頭痛地揉揉太陽穴，「我不過讓你把〈學而〉背下來罷了。」

董書誠可太知道眼前的小少年有多聰穎，不說過目不忘，但過三目不忘卻是可以的，偏生這小傢伙也不知和書有什麼仇，從《三字經》開始，但凡將他壓在書前坐上一刻鐘，直接就能睡死過去，屢試不爽。

那時候的他甚至大字都沒認得幾個，怎麼就能說睡就睡呢？要說孩子前一天沒睡好，所以累倒了也便罷，可只要放他離開桌案前，轉頭就能在外頭玩瘋，抓兔子、掏鳥蛋、撈魚、採野果等等，簡直不能更活力旺盛，每每看得董書誠氣不打一處來，全然忘記讀書人的氣度與儒雅，撩起衣袍就追在小少年屁股後面要擰他耳朵。

十次裡有八次是追不上的，別看小少年乾乾瘦瘦，雙手雙腳像柳枝一樣柔軟纖細，似乎一折就會斷，可跑起來那叫一個飛快，鎮子上能追上他的孩子都不多了，更何況董書誠這個肩不能擔、手不能提的文弱書生？

「〈學而〉篇好多呢——」小少年噘著嘴抱怨，拉長的撒嬌甜得像麥芽糖，又糯又膩，聽得

董書誠一個激靈。

「你別這樣說話！」他勉強自己板起臉色，用手在小少年額頭上點了兩下，「翠兒，我是為你好。」

這句話真心實意，這也是為什麼董書誠即使每天被翠兒氣得斯文盡失，鎮民從一開始恭恭敬敬地說一聲：「董夫子好。」

到如今看到他都笑著問：「董夫子今日又出來逮翠兒啊？」

他捶胸頓足那個氣啊！可還是不願意放棄押著翠兒讀書。

董書誠自己出身不好，雖說讀書讀出了點成績，但卻無緣科考，改換門楣什麼都是白日作夢，他也早就死了心，本本分分當他的教書匠便是，但凡教出一個能考中進士的孩子，也算圓了自己一個念想。

翠兒就是他最看好的孩子，不只聰慧還極為機敏，一般孩子勉強能舉一反三，他可以反十都不只，若能靜心做學問，將來定然能成為進士，入朝為官的！

可惜，這孩子別說靜下心，瞧瞧！他連〈學而〉都不肯背！

「可是今天是中秋呢！」翠兒癟著嘴，整個人在桌上攤成軟軟的一片，看得董書誠想往他後腦杓來上一下，看能不能把人打精神些。

打當然是不能打的，雖說這年頭沒人不打孩子，孩子更是皮粗肉厚又耐打，董書誠自己以前就捱過不少打，無論是書沒背好、字沒寫好被夫子打手心，或是偶爾頑皮了被爹娘拿著藤條往腿上抽，可他自己成為夫子後是堅決不肯打孩子的。

先別說打了有沒有用，最要緊的是打人太累。

更別說翠兒這孩子了，他還記得初見時翠兒面黃肌瘦，只剩一把骨頭，身上的肌膚也不像現在這般白嫩又光滑，而是蠟黃的，上頭坑坑疤疤不是打架留下的傷，就是被蚊蟲咬出來的傷，皮屑支稜著，用看的就覺得扎手。

他那時甚至有些不敢靠近翠兒，覺得這孩子一雙眼睛大得嚇人，在瘦得凹陷的巴掌臉上，像是往外凸出，隨時會滾落在地。翠兒還喜歡故意瞪著眼睛看人，陰森森的有種逼人的鬼氣，如今想起來董書誠還是不自覺打了兩個顫。

「我知道今天中秋，這不是等你背完書了，就能去玩了嗎？」董書誠堅決不妥協。

「翠兒啊，你如此聰明，為何不肯好好讀書呢？將來考試做官，去京城過好日子不好嗎？」

董書誠是真的不解，他苦口婆心勸過好幾次，可翠兒就是耍賴地對著他笑，甜膩膩說：「我不想去京城，我也不想考試做官，我就想待在芎宜一輩子。」

這次自然也不例外，任憑董書誠說得口水都要乾了，翠兒巍然不動，那雙善睞的眸子可憐兮兮瞅著他，連「學而時習之，不亦悅乎」都背不下來。

董書誠真真沒輒了，他無奈地瞅著翠兒那張無辜笑顏，終究還是退讓了，「好吧，今天先放過你。」

「董叔叔最好了！」翠兒一聲歡呼，扔下書的速度快得像扔一團火球，「對啦！哥哥說，今晚是團圓夜，請董叔叔一起來吃飯。」

「知道了。」董書誠沒辦法又寵溺地在染翠額上點了兩下，「晚上要去放花燈，你花燈都準備好了嗎？」

「當然！我準備了好多呢！」翠兒得意地揚起小下巴，原本還想顯擺什麼，眼尾餘光突然掃到外頭一道高大的人影，瞬間就忘了腦子裡的話，急不可耐地對董書誠道別：「董叔叔別忘了來啊！今天要早些吃飯，別遲了！」

說罷，像隻小兔子蹭一下竄出去了。

「哥哥！」歡快的聲音先到，接著是人影，直直地撞向剛從田裡回來，正在洗腳的青年。就見翠兒靈活得像隻小猴子，一蹦跳上了青年的後背，雙手摟在汗津津的頸子上，雙腿夾著精悍緊實的腰，宛如一根纏繞大樹的藤蔓，展現出一種扯都扯不下來的氣勢。

「哥哥你回來啦！」翠兒甜甜地喊著，用自己粉嫩的臉頰去蹭青年的肩膀，手腳又收得更緊了些。

「先下來，我身上都是汗，多難聞。」

青年一身黝黑的肌膚，被曬得微微泛紅，上身是裸著正打算打水沖涼，這會兒背上多了個軟軟的小傢伙，只得放下手裡的水桶，好聲好氣地哄。

「不難聞，我就喜歡。」

翠兒平日裡是鎮上的孩子王，可到了他哥哥面前，那就只是個撒嬌的小蜜糖，不只把人纏得緊緊的，還把鼻尖埋進青年頸窩嗅了嗅，「不臭，是翠兒喜歡的味道。」

董書誠這時也從屋裡出來，聽到翠兒這一番話，不禁笑出來，「不管香的臭的，但凡你哥哥身上的你都喜歡。」

「對。」翠兒毫不害臊地大聲同意，也不忘反駁：「哥哥身上從來不臭，那是你們不懂聞。」

董書誠挑了下眉，忍著不跟孩子一般見識。

「黑兒，今日回來得挺早。」看日頭，離申時還很久，比平日要早了接近一個時辰，也就是說他少了一個時辰盯著翠兒讀書了。

「和陳叔約好了宰羊，所以提早回來。」黑兒對董書誠有種平民百姓對讀書人天然的尊重，更何況自己家的孩子著實費了董書誠不少心力。

「宰羊？」翠兒在他背上爬了爬，小臉從肩上往前支稜，幾乎臉頰貼著臉頰問。

董書誠在心裡翻個白眼，心裡清楚這小傢伙是不高興自己的哥哥跟他說話呢。平日裡明明是個大方灑脫的孩子，遇上了黑兒，心眼恐怕比針尖還小。

果然，黑兒的心神被臉頰上軟軟的觸感給吸引了去，伸手扶著小傢伙的後腦杓，省得一不小心摔了，這才回：「是，你前些天不是炒著要吃烤羊肉跟羊肉爐子嗎？這個時節吃牛肉爐子還太早，烤羊肉倒是可以了。」

「哥哥最好了！」翠兒歡呼一聲，臉頰用力蹭了黑兒的臉兩下，也不怕他臉上的鬍碴子扎人，「羊蠍子可得全留下來啊。」

「知道的。」黑兒見小傢伙越湊越靠前，軟軟的小肚子都快嗑到他肩頭了，連忙反手把人從背上抓下來，半摟在懷裡，「你讓哥哥先沖個涼。」

「好吧。」翠兒撒嬌也勉強撒夠了，這才願意鬆手退到一旁去。

翠兒看著自己的哥哥拿水桶從頭頂往下澆，沖去了身上的汗水，涓細的水流從黝黑的肌肉上蜿蜒而下，眼下陽光正好，暖融融的照射在沾染了水氣，而微微發亮、塊壘分明的肌肉上，他說不清楚什麼感覺，只覺個喉頭發乾，咕嘟嚥了一口唾沫。

「哥哥，今晚我和紐兒姐姐她們約好了，要去偷蔥。」腦子不知怎麼一熱，他張口說出了自己晚上的打算。

「偷蔥？」黑兒放下水桶，隨意抹去臉上的水珠，眉心蹙了起來，「紐兒她們都是大姑娘了，你一個男娃娃湊什麼熱鬧？」

俗話說：「偷著蔥，嫁好郎；偷著菜，嫁好婿。」

指的是未婚女子要是能在中秋夜偷到鄰居菜圃裡的蔥或菜，就能求得好姻緣。有些地方則不

僅限未婚女子，男子也可以偷，除了求好姻緣，還有求天資聰穎，將來做生意也好、讀書也罷，都能有所成就。

不過，芎宜當地只有女子偷菜的習俗。

「男娃娃不能想要好姻緣嗎？」翠兒不樂意了，他噘著嘴反駁。

「倒也不是……」黑兒向來寵孩子，這點小事沒必要壞了孩子的興致，左右才十歲的孩子，湊個趣也是可以理解的，「那你得小心點，別被抓著了。」

既然是「偷」，那就不能往自家菜園子裡拔，每年中秋鎮子上對這麼習俗都心照不宣，平日裡沒人夜裡看守菜園，但中秋當夜卻家家戶戶都會出一個壯丁巡菜園子，與偷菜的大小姑娘們鬥智鬥勇，也算是一種過節的醍醐味。

「哥哥夜裡也要去巡菜園子嗎？」染翠見黑兒抹乾淨了身上的水珠，立刻又黏了上去，簡直像株小菟絲花。

「往年都巡，今年自然得去一趟。」

黑兒的菜園子算是整芎宜最好偷的菜園之一，他孤家寡人的，今年才剛十八歲，上無高堂下無子女，唯一的弟弟還是三年前從外地撿回來的，只要別把他的蔥跟菜偷光，他其實是不大管的，也著實管不過來。

不過，小鎮裡大夥兒都知道他家中情況，雖然好偷，反而沒什麼人會去偷他的菜園，都是等真沒辦法了，年紀最小的兩三個女娃娃才會紅著臉摸進他菜園裡偷兩把蔥。

「今年我替哥哥把蔥偷回來。」翠兒笑嘻嘻地貼在黑兒耳邊許諾，他的氣息奶香奶香的，吹得黑兒耳側微微泛紅。

被晾在一旁好半天的董書誠覺得自己像個傻子似的，看這對義兄弟親親密密，牙都酸了。

「我晚些炒兩個菜帶過去。」索性離開得了，他字才練了一半呢，這會兒硯臺裡的墨水都乾了吧。

「董叔叔晚些見啊！」翠兒揮著小手送人。

「我要吃桂花炒螺肉！」這還點上了菜。

董書誠翻了個白眼以對，別以為他看不出來翠兒高興著呢，自己這礙眼的人離開了，沒人會打擾他和黑兒親親熱熱，心裡怕不美死了。

「知道了。」

不過桂花炒螺肉本就是芎宜中秋時會吃的一道時令菜，家家戶戶都會有一盤，黑兒都宰了一頭羊了，他出這道菜也是理所應當。

翠兒心裡當然美死了，他又攀上了哥哥後背，小臉靠在寬闊的肩上，軟軟地求著：「我也要一起去宰羊，哥哥背我去。」

「好。」黑兒掂了掂背上的小傢伙，輕飄飄的沒什麼分量，但卻很軟，猶如一團棉花趴在背上。他暗暗想，孩子還是太瘦了，必須得再養得胖一些。

今天宰的是一頭年紀大的公羊，老羊的好處是骨邊肉好吃，壞處是味兒稍微重了些，尤其是內臟騷味更重。

翠兒喜歡吃羊肉，卻不耐羊騷味，前兩年他才養了一種名為湖羊的品種，等天涼了剛好可以宰一頭來弄成鍋子吃。

「今天董叔叔教我背《論語》。」趴在黑兒背上，翠兒可以聽見哥哥怦怦的心跳聲，有力、和緩，他的心也會跟著安定下來。

「你背完了嗎？」黑兒問。

「沒有，我背不了。」翠兒睜著眼睛說瞎話，他怎麼會背不了，背這點東西對他來說跟喝水似的，看個三四回都能倒背如流了，可他就是說什麼也不願意記哪怕一個字進腦子裡。

黑兒沉默了一會兒，才開口：「董夫子說你很聰明。」

「董叔叔看誰都聰明，他可是夫子，不能說自己的學生是傻子。」翠兒小嘴那叫一個利索，董書誠這個讀書人都沒法子在他嘴裡討得了好，更何況黑兒這個沉默寡言的人。

該說不說，染翠這麼回話也沒錯，董書誠脾氣好人品也好，看哪個孩子都是好苗子，所以鎮上的孩子都喜歡他，也願意被他盯著讀書，別說還真教出了幾個有望明年考上童生的學生。

「哥哥說不贏你。」黑兒很快就投降了，他在翠兒面前著實沒什麼威嚴，但凡翠兒不想幹什麼，他幾乎都是放任的。

這也是董書誠最頭疼的地方，別的家長好歹會關上門教訓自家孩子好好讀書，努力向上什麼的，黑兒卻不。他只怕翠兒過得不開心，怕壓抑了他的性子，所以即便董書誠說了幾百次翠兒天資聰穎，好好讀書將來肯定能成為大官，黑兒是低著頭聽訓了，轉頭該怎麼寵孩子還怎麼寵，半點收斂的意思都沒有。

翠兒把小臉埋在黑兒肩後偷笑，片刻後貼在他耳邊說：「翠兒要永遠和哥哥在一起，讀不讀書又有什麼緊要呢？」

芎宜裡不識字的人可太多了，他好歹認得自己的名字呢，將來肯定餓不死了。他要跟著哥哥下地，幫哥哥多分擔一些辛苦，還要多養些雞鴨豬羊，可以賣還能自己吃，以後的日子肯定會越過越好的。

黑兒用單手橫在翠兒俏挺的小屁股下穩著人，空出一隻手在小傢伙腦門上彈了腦蹦子，力氣沒多大，可翠兒這小撒嬌鬼哀得可憐兮兮，黑兒還以為自己真把人打疼了，連忙要放下人查看。

「別放別放！」誰知翠兒像隻小猴子手腳並用纏著黑兒不肯下地，軟搭搭的貼在他耳邊說：「哥哥要是心疼翠兒，就別送翠兒去讀書啦！」這是打蛇隨棍上的意思了。

「不行。」黑兒確實寵翠兒，不過有些原則性的事情他也是很堅持的。「你背書背得慢沒關係，哥哥知道你坐不住愛玩鬧，可學堂必須上，得上到十五歲才行。」

翠兒一聽小臉就苦了，他今年才十歲啊！到十五歲還有整整五年呢！這不是瞎折騰嘛！

「哥哥！十五歲太久了，翠兒是真沒能耐讀書啊！」他拉長了調子，簡直就是罐麥芽糖成了精，支稜著腦袋貼著黑兒的臉頰一陣猛蹭。

「再三年……不不，再兩年！兩年後就讓翠兒回家幫你下田養牲畜吧！我都想好了，有了我這個幫手，家裡就能養一窩雞了，以後天天有雞蛋吃多好！」

這回黑兒沒回話，任憑背上的撒嬌鬼喊了多少聲哥哥都只當作沒聽見，可以說是非常鐵石心腸了。

翠兒知道這件事沒得商量，整個人都蔫了，懨懨地在黑兒寬闊的背上攤成軟軟的一片，咕噥：「哥哥壞透了，哥哥這是折磨翠兒啊……唉，翠兒好可憐，可憐的翠兒……」

黑兒聽著他翻來覆去的抱怨，臉上的笑容根本忍不住。

只怕真正可憐的不是翠兒，而是董書誠這位夫子吧！也不知翠兒十五歲之前，他能不能逮到人捏一次耳朵？

折成蓮花狀的花燈在水面上飄蕩，與天上星河遙相呼應，點點燈火匯聚成燦亮的河流，搖晃

著搖晃著，似乎照亮了黑暗天際的一隅，騰飛而去一般。

翠兒一共折了近五十朵花燈，一個人實在放不完，光點花燈都得費老大的勁兒，不得已只能把其中大半分給街坊及自己的小夥伴們，留下了十幾朵花燈自己點、自己放。

「我有好多心願呢。」翠兒靠在黑兒身上抱怨，他剛把最後一朵花燈放出去了，由翠綠的紙所折出來的花燈是翠兒最滿意的一朵，所以放在最後點，花瓣在燈火下舒展身姿，搖曳的火光從紙後流洩而出，溫暖又柔軟。

它墜在長長光河的最尾端，慢悠悠地飄動，偶爾被風一吹就打起旋來，輕盈得像在跳舞，慢慢地越飄越遠……

「你哪來這麼多心願？」董書誠在一旁打趣。

他也從翠兒手上分到了三朵花燈，不得不說翠兒的手很巧，每朵花燈都折得栩栩如生，搭配的紙張顏色也都好看，點上後如夢似幻的。

「我要替自己許願還要替哥哥許願啊！」

翠兒扳著手指開始算，什麼乞求豐收啦、乞求平安啊、乞求身體健康啊等等，鉅細靡遺。比如求身體健康吧，普通人頂多一句話的工夫，翠兒則從雙眼開始，自五官到五臟六腑都沒落下，細緻到董書誠嘆為觀止。

「我從沒想過許願還能這樣許……」他算是徹底服氣了。

翠兒這小糖精心裡只有他哥哥，連一根毛髮都掛心上念叨著不忘，也難怪黑兒寵他了，但凡有誰這樣惦記著自己，不往死裡寵都說不過去。

「所以我才需要五十朵花燈啊，否則一朵花燈要是放太多心願進去，會不會飄不動沉了？而且賄賂也看心意嘛！既然神明喜歡花燈，多給點也好打通關竅。」翠兒得意地一揚小下巴，他可精明著。

不過很快，他就哀聲嘆氣起來，因為最終他放出去的花燈只有十幾朵，所以不得不刪掉了許多願望，他不捨得刪哥哥的，只能刪自己的。原本還想許以後不被逼著讀書呢，只能忍痛放棄這個無關緊要的心願了。

黑兒揉了揉懷裡小傢伙的髮頂，「多謝翠兒記掛哥哥，以後別幫哥哥許願了，多替自己許些願好嗎？你過得好，哥哥心裡才開心。」

「我就不，哥哥過得好，翠兒才開心。」翠兒用臉頰蹭了蹭黑兒的頸窩，小聲卻堅定道：「我每年都替哥哥許願，歲歲年年長長久久，一輩子。」

黑兒聞言愣了愣，好半晌才低低笑了聲，胸膛微微的震動傳到了翠兒身上，他也跟著笑彎了一雙燦亮如星的眸子。

他想要的東西很簡單，有哥哥有他自己，也許還有一窩雞、一窩鴨、一窩羊跟一窩的豬，他不需要孩子，也不想哥哥有孩子，要是哥哥娶妻生子了，誰還能寵著自己？想想就氣悶，所以適才的花燈他許了一個願，希望哥哥身邊不要有其他男人女人，不要有其他小孩，只有他一個，而他也會永遠陪著哥哥。

這個願望不能跟任何人說，翠兒攤在哥哥懷裡，看著天上銀盤似的月，秋高氣爽的天氣，雲朵淺淡如紗，在涼爽的秋風吹拂下一縷一縷地飄盪，顯得今晚的月特別亮特別大。

月暈由內而外層層疊疊，像一攏鮫紗，一會兒被風吹得細碎，一會兒又聚攏在一起。都說中秋月圓人團圓，兩個人最好團圓了不是嗎？

「哥哥，你看小兔子！」翠兒指著銀月上的陰影。

「那是月兔，你看，還有藥杵跟藥臼。」黑兒順著翠兒的手一同比畫，低聲說起了月兔搗藥

的故事。

明明每年都會說這個故事，可翠兒卻像頭一回聽到似地，認真地聆聽，偶爾發出驚呼，並為月兔投身火堆以肉身為祀而落淚，末了，他握著黑兒的手，一臉認真道：「哥哥，我就是那隻小兔子，你就是帝釋天。」

黑兒心頭軟得要命，但也不免心驚。

他回握翠兒的手，輕揉地磨搓，「你不要當月兔，我也不當帝釋天，咱們就在人間當一對兄弟，不好嗎？」

這大概是翠兒這一生聽過最美好的許諾了，他愣了許久，腦中百轉千折浮現了許多想法，他的人生不長，但他經歷的事情卻已經不少，彷彿有什麼輕輕地往他最柔軟的內心戳了一下，他感覺眼眶酸澀，真心實意的幾乎落淚。

翠兒忍住了，把小臉藏進黑兒溫暖寬厚的懷裡，軟軟地應了聲好。

「花燈都流走了，你們不走走月嗎？」董書誠也不想不識趣，但夜風開始涼了，溪流邊只剩下他們三個，花燈彷彿天邊的星星，遠到幾乎看不見了，繼續窩在這種地方顯得很傻，他不得不開口提醒。

「唉呀，董叔叔你還在啊？」翠兒是真的完全忘了身邊還有這麼個人，那真心的訝異可以說非常傷人了。

董書誠特意湊到翠兒小臉前，翻了一個直奔錢塘江觀潮樓的白眼，沒好氣道：「是誰約了我一起走月的？又是誰跟我討糖葫蘆的？有人打算不要糖葫蘆了是嗎？」

翠兒嘿嘿一笑，甜滋滋的討饒：「別嘛！翠兒怎麼會忘了董叔叔呢？除了哥哥以外，翠兒最喜歡董叔叔了！」

「你喜歡山楂還是四喜果？」董書誠冷著臉問，他還不清楚這小傢伙嗎？喜歡他是不假，可排在黑兒身後就純粹扯淡了，這點自知之明他還有。

「烏梅山楂果吧。」翠兒也不客氣，頑皮地吐吐舌頭，半點沒有被看透的羞臊。

因為人被護在黑兒懷裡，董書誠沒法子戳兩下翠兒額頭解氣，只能哼了聲：「那我就給你買四喜果。」

老實說還挺卑微的，董書誠平時沒少嚴肅地勸誡黑兒，不能太寵孩子，寵壞了不好。像翠兒這麼聰敏的孩子，卻不肯好好做學問，這必須得嚴格地教訓幾句。

黑兒也曾求助地問：「董夫子，要不……你替我說說翠兒吧？」著實是黑兒自己很輕易就能被翠兒那雙狐狸眼給迷惑，根本扳不起臉硬不起心腸來。

董書誠默然了片刻，清了清喉嚨：「黑兒，我只是個夫子，你才是翠兒的哥哥，你不開口，我說話就不好使啊。」

道理是這個道理，但實際上瞧瞧董書誠連不買糖葫蘆給翠兒這種話都說不出口，就知道寵人的還有他自個兒，與黑兒半斤八兩。

翠兒也挺喜歡四喜果，不過四喜果比較糯，咬起來沒有山楂那種爽脆的口感，做成糖葫蘆後略略遜色了些。

「董叔叔！別這樣嘛——董叔叔——山楂好吃，哥哥也喜歡呀！我還要分給哥哥呢！」翠兒從黑兒懷裡蹦出來，拉著董書誠的手搖晃著撒嬌，不過說出口的話可氣人了。

「你這小壞蛋。」董書誠氣得胸悶，瞪了翠兒一眼又瞪了站在一旁滿臉無辜的黑兒一眼。

「那我也分董叔叔一顆？」翠兒伸出細柔的手指比了比，一串糖葫蘆才多少顆，他願意分董書誠一顆那可太大方了。

「我買一串自己吃！」誰稀罕那一顆！

董書誠捏住小孩兒氣死人的嘴，另一隻手把人推回黑兒懷裡，「走了走了！再磨蹭市集都要收了。」

芎宜鎮上每年中秋都會有個小夜市，直開到過子時才收攤。這會兒時間還早著，但翠兒沒揭穿董書誠，喜孜孜地握著黑兒的手一塊漫步在月色盈盈的夜路上。

他們走的這條路有一段種了大片桂花，因為今日家家戶戶都要拿桂花入菜，特別是桂花炒螺肉，所以多數的桂花都被摘光了，桂花樹光禿禿的，看起來有些淒涼。

翠兒走過桂花林的時候動了動小鼻子，驚喜道：「竟然還有桂花香呢！沒想到今年桂花林沒被薅禿。」

這兩個字用得非常形象了，董書誠噗哧笑出來。

「我下午過來摘桂花的時候，就得走好深了，離開的時候只剩兩三棵樹的花留著，也不知道後來有沒有人去摘。」

董書誠練完字的時候已經有些晚了，他匆匆拎著籮筐來摘桂花，差點沒摘著。

「我們進去看看？」翠兒晃了晃黑兒的手，大眼亮晶晶地瞅著他。

「好啊。」黑兒哪會拒絕，就算翠兒沒提要求，他適才也想著要不要帶小傢伙進去摘桂花。

也不知在當乞丐前翠兒是什麼人家養出來的孩子，別看他白天裡像隻皮猴子一樣滿鎮子瘋，還經常不穿鞋跑來跑去，黑兒多少次拎著鞋子跟在他後頭追著穿，白嫩嫩的小腳經常髒兮兮的。

不過，他每天都要沐浴，還喜歡把屋子裡弄得香噴噴的，經常摘些有香味的野花回來，往花瓶裡一插，兩三天換一回。

桂花顯然特別應景，香味不重卻很雋永淡雅，正巧是翠兒最喜歡的。

「你們去吧，我先去市集裡看看。」

董書誠一個文弱書生，大晚上的只靠月光在樹林裡走動，簡直是自討苦吃，也就不勉強自己了。再說，難得的市集他想去瞧瞧有沒有用得上的東西可以買。

「晚些見啦，董叔叔。」

翠兒揮揮手，都不等董書誠離開就迫不及待拉著黑兒鑽進桂花林裡了。

董書誠咬牙，心想絕對要買四喜果給翠兒這小渾蛋！

不管最後到手的糖葫蘆究竟會是什麼味道，翠兒現在滿心滿眼只有桂花。

今天月色很好，照在地上宛如覆蓋了一層青色薄紗，踩上去彷彿能聽見碎裂的聲音。

翠兒踩著月色，追著那悠然淡雅的花香，緊緊握著黑兒粗糙乾燥的溫暖大手，靈巧地穿梭在桂花林裡。

「哥哥，你今晚是不是有心事啊？」走著走著，翠兒突然開口問道。

被他握在手中的大手微微綳了下，到底有沒有，翠兒心裡已經知道得明明白白了。

黑兒沒回答，而是稍微扯了一下翠兒，拉著他往花香味傳來的正確方向走，恰好與翠兒打算過去的地方一左一右。

於是兩人又沉默地走了一段路，整個晚上的溫馨與愉悅似乎散掉了大半，取而代之的是淡淡的尷尬。

因為專心找路，兩人很快來到桂花林深處，這附近的桂花樹已經很少了，零零散散的，混入了一片楓樹之間，這個時節楓葉還沒紅全，青的紅的黃的葉子紛雜，但樹冠非常茂密，興許是因為這樣，夾雜其中的桂花樹才被忽略了，如今正散發著悠然花香。

「你要摘多少？」黑兒低頭問翠兒。

「你抱我起來，我自己摘。」說著，翠兒對黑兒張開雙臂。

選花這種事翠兒是全然不相信黑兒的，相較於翠兒對生活的一些小心思，黑兒全然就是個「不能吃不實用的東西便是對我無用」的人，在認識董書誠之前，他中秋都懶得吃有加入桂花的菜，炒螺肉直接吃不香嗎？

黑兒一把抱起嬌小的翠兒，軟綿綿的孩子一進入懷裡就依賴地偎著他，一隻手搭在他肩上，一隻手往桂花伸去。

「往左些，再往左些……停停停……啊！哥哥，你的手借我放花，拿好可別掉了啊……啊！右邊右邊，你看這簇花是不是更好看？嗯……你的手還放得下嗎？」

一時間，樹林深處都是翠兒軟糯的聲音，指揮著黑兒一會兒抱著他往東一會兒往西，一手抱著他之餘，另一隻手上都是精挑細選過的桂花，一簇一簇的花枝堆成小山尖，黑兒絲毫都不敢亂動，就怕花撒了，懷裡的小祖宗不高興。

忙活了半個多時辰，翠兒總算滿意了，他靈巧地從黑兒懷裡跳下地，從懷中拿出了一個包袱巾，這是他適才用來裝一部份花燈的，另外一部份則由董書誠裝在竹籃裡提過去。

他得意地對黑兒擠擠眼，「看，我會做五十來個花燈就是天意。這不，有東西放桂花了。」

「翠兒果然是最聰明的。」黑兒不吝惜稱讚，小心翼翼把手上的桂花放到包袱巾中，與翠兒一左一右跪坐在地上，等著小孩兒再挑選一回。

「哥哥，你心裡有事就別藏著掖著，早些說出來我才不會對你生氣。」翠兒挑著桂花，狀甚不經意的開口，又把黑兒驚得抽搐了下，黝黑的面皮似乎還有些發白。

「我……」知道這是翠兒給自己搭了梯子下，黑兒儘管遲疑，但也不得不開口，只是他確實不知道該怎麼說才好，於是一個我之後，又半晌沒下文。

翠兒瞟了他一眼，老成的輕聲嘆口氣：「那我猜猜，哥哥聽我猜得對不對，好不？」

黑兒略一躊躇，點了點頭。

他本就是不善言辭的性子，更不習慣對人說心裡話，什麼事都往心裡放。這也是沒法子的，畢竟很長一段歲月，他除了自己外誰也沒有，街坊鄰居感情再好，卻仍都是外人，眼下唯一能稱得上家人的，也就翠兒一個了。

他也並非有心瞞著翠兒，就是沒習慣要對人說。

「你是不是想去參軍？」翠兒輕輕地問，似乎怕聲音大了，會吹散眼前什麼很貴重的東西，比如桂花、比如清涼的月色、比如……

「是……」黑兒也用同樣輕的語氣回應他。

前些日子鎮長說西北戰事吃緊，朝廷有意擴大徵兵，但凡家世清白且年滿十五歲的男子都可以去，只要同鎮長做個登記，報到府衙後就會來帶人走了。

翠兒那天是和黑兒一起聽的消息，他在外頭總牽著黑兒的手，黑兒很溫柔，總是輕手輕腳怕握痛他，反倒是他握得很緊，像隻小八爪魚似的。

唯有那天，黑兒的手猛地握緊了，都已經握痛了他的手，也絲毫沒有察覺到。

事後，翠兒偷偷找了董書誠，問他有沒有抹跌打損傷的藥膏，董書誠以為他是頑皮撞傷了哪裡，並沒察覺有什麼不對，念了兩句要他小心後，就拿了一罐藥膏給他。

殊不知，翠兒要抹的，是自己被黑兒捏出了五指印的手。白皙的手掌上，五根指印顏色深得嚇人，簡直像手背上被挖了五個黑色的洞。

指印沒消退的那些天，翠兒更要賴到了極限，整整七天，董書誠竟然沒能把這小皮猴子提溜進自己的課堂上。

沉默再次蔓延開來，這回出人意料的，率先開口的卻是黑兒。

「我從沒和任何人說過這件事，我只對你說。」

黑兒見翠兒已經挑好了花，俐落地將包袱裹起來，長臂一摟將人納入懷抱，兩人一塊靠坐在散發幽香的桂花樹下。

「我不是芎宜人，也不是從附近的鄉鎮流浪過來的，我原本是西北屯區的軍戶……」這是個不長的故事，黑兒也不懂得如何說故事，他只是板板正正的把自己的事情，鉅細靡遺又輕描淡寫地告訴了翠兒。

小孩兒安安靜靜地聽著，沒有出聲打岔一回，也沒有落一滴淚，這讓黑兒心裡好過了很多。

「我鑽了時局不好的空子，這才能在芎宜這樣的好地方，平平靜靜過了好些年，也才有機會遇上你……」

黑兒低頭，輕輕地蹭了下翠兒柔軟的臉頰，也許是因為剛才挑桂花的關係，他身上都是淺淡的桂花香，混合上了奶香。

懷裡的人，還是個小娃娃呢！

誰能想到三年前，這個粉嫩嫩的奶娃娃，在山上的破廟裡，又臭又髒像一把成精的骨頭。他一點一點把孩子給養胖了，養得無憂無慮，明明天資卓絕卻為了自己不肯好好讀書。

是啊，黑兒怎麼會不知道翠兒的腦子有多聰慧，什麼背不了書純粹是胡說八道的，他當初會送翠兒去讀書，就是發現這孩子光經過兩次學堂門外，聽過裡頭孩子念了兩次《三字經》，竟然就能背得下，這樣的天資豈可浪費？

他唯一能想到翠兒抗拒讀書的原因，就只有自己了。他不識字，所以翠兒就不願意識字，為了不讓自己跟他有隔閡。

「翠兒，我是西北出身，那裡的時局如何我是最清楚不過。我家的祖祖輩輩，都在西北當城牆，阻攔北蠻的入侵。」

他本以為自己離開了，可以永遠不再上戰場，遠離那個地獄般的地方。

可是，當他聽到朝廷徵兵的消息時，他發現自己過不去心裡那一關。他從西北逃走了，拋下父母、拋下祖輩建立起來的一切，西北要是失守，北蠻的大軍殺到芎宜來需要多久？

他根本不敢去想。

「而且，我希望讓你過好日子。」黑兒想，自己是個自私的人，若沒有翠兒，他不見得願意再回去西北，可是他現在是農籍，有極大的機會往上爬，立下軍功後能獲取的利益就更大了，他可以成為將領，給翠兒更好的生活。

「我現在過得很好。」翠兒斬釘截鐵地回，他沒告訴過黑兒自己以前過的什麼日子，這三年來簡直像在夢裡一般。

「翠兒，我們做個約定吧……」黑兒的心意早已決定，他捨不得翠兒、捨不得在芎宜的日子，平靜安寧，鄰里間相處融洽，他即使只有自己一個人，也過上了吃得飽穿得暖的日子，甚至都能送一個孩子去讀書了。

這是在西北屯區時的黑兒想都不敢想的、連作夢都不敢的生活。

可是他知道，若西北被破，這些好日子可能就真的會成為幻夢一場……最要緊的還是翠兒，他不能讓翠兒吃苦。

「什麼約定？」翠兒又豈能覺察不出來？黑兒已經下定決心了，他不可能動搖身後的男子哪怕分毫。

「我會讓自己活著，拚搏出一個未來，成為將領。」

他一手握著翠兒的手，一手摟著翠兒的腰，聲音不大卻擲地有聲：「而你，好好讀書，考取功名，將來我們在京城見。」

翠兒久久沒有回話，黑兒心裡突突的，心幾乎要從口腔跳出去了。

也許過了一刻鐘，也許過了更久，黑兒不知道，但他聽見懷裡的人輕輕地嘆了一口氣。

「你會活著，絕不死在戰場上嗎？」

「會，我答應你。」

黑兒緊緊抱住懷裡的人，三指朝天許下誓言。

「說好了，你不能騙我啊……」翠兒終於還是忍不住掉下眼淚，他哭的時候很安靜，只有淚水慢慢地洇濕了黑兒胸前的衣裳。

第十章　你要是沒說到讓我開心，下個月你就等吃我送的喜餅

「但五十個心願也太多了……」

于恩華在一旁咕噥，被阿蒙踹了一腳。

染翠在一旁看得津津有味，可心裡又難免有些失落。

——黑兒怎麼就不在呢？

他支著柔軟的臉頰，歪著頭看向窗外，

想著自己分一半心願給黑兒是不是太大方了？

黑兒那天是落荒而逃的。

甚至都不是逃回鯤鵬社，而是直接逃回了馬面城。一個多月的路程，他只用了半個多月，真的可以說是飛也似的。

他回答不了染翠的問題，腦子裡又不停回想當初離開芎宜前，他承諾過染翠的話，等風塵僕僕回到馬面城後，他整個人竟然瘦了一圈，氣息增添了幾許冷厲，像失去刀鞘的利刃。

方何剛與他照面，正想調侃兩句，就察覺狀況不對，頓時什麼胡話也不敢說，就怕自己撞到黑兒的槍口上，一溜煙的跑去隔壁宅子通知滿月了。

聽見他提早回來，滿月也頗感意外，想了想拎了一壺酒，跑去隔壁敲門。

黑兒正在沐浴，明明天氣冷了許多，雖說南方不比北方，馬面城的冬天連雪都不會下，可秋風吹起來的時候，還是會令人起一身的雞皮疙瘩。

即便如此，黑兒仍然用冷水當頭澆了自己一身。

滿月等不到裡頭應門，索性翻牆過去，正好撞見渾身赤裸的黑兒，身上還滿是一縷一縷往下淌的水珠。

以前行軍的時候幾人都裸裎相見過無數次了，這回滿月自然也沒避嫌，真要說在院子裡打水沖身子，反倒是黑兒比較失禮了，要說害臊也該是他害臊，滿月反正是半點不在意。

「做什麼？」黑兒也沒躲閃，沉著聲問。

「喝酒。」滿月舉了舉手上的酒壺，隨意道：「你接著洗，這點水凍不死你，我搬桌子出來，有菜嗎？」

「你得問方何，我才回來。」黑兒抹去臉上的水珠，又把濕透的髮隨意往後一抹，露出了與平日渾然不同的狂野桀驁，像頭皺著鼻子威嚇人的狼。

「我去廚房瞧瞧。」

滿月也不觸他霉頭，拎著酒壺踢踢躂躂走進廚房裡，方何這人日子過得很糙，黑兒離開後廚房裡都落了一層厚厚的灰，只有灶臺周圍勉強算乾淨，應當是用來燒水洗澡的。

先前放在廚房裡下酒的花生、核桃之類的乾果，多半都吃完了，剩下一些也都落滿了灰，誰吃估計誰就得鬧肚子，滿月也沒將就到這種地步，轉身離開了廚房，心想得找個僕役來收拾收拾，省得黑兒到時候將氣撒到方何頭上，把人一通揍。

院子裡，黑兒已經抹乾了身子穿上衣服，散著髮正用乾燥的帕子絞乾，臉上的神情說不出是不耐還是壓根就心不在焉。

滿月也不問，逕直搬了桌椅出來，放好了酒後道：「我回家去拿幾樣下酒菜，順便拿幾個杯子來。這酒特別烈，空腹喝傷胃，你還沒吃過飯吧？」

這會兒才卯時六刻，街上的早餐舖子都還沒收，賣得熱火朝天呢，黑兒顯然是餓著肚子的。雖說白日飲酒不好，可滿月想，能讓黑兒乍然瘦了一圈的肯定不是什麼小事，不用點酒恐怕不好處理，有些大事臨頭時，需要喝幾杯緩緩神。

「還沒吃。」黑兒心緒不定，但也沒打算跟自己的身子過不去，滿月既然特別交代酒烈，那肯定不是信口胡謅的。

「要不讓方何去買些早點回來？咱倆吃個半飽再喝？」滿月又提議。

「也成。」黑兒憋了一肚子話，左思右想也只能說給滿月知曉，心裡更加鬱悶了，反倒異常好說話。

既然黑兒同意，滿月就衝著與自己院子相連的圍牆喊：「方何！方子欲，去買早飯回來！我要同棲館子的燒餅，肉末的、韭菜粉條的、糖稀的都各給我來五張。夠吃嗎？」最後這是回頭問黑兒的。

「你讓他帶兩碗豆腐腦回來，蘑菇雞丁的澆頭，放點辣。」黑兒其實挺餓的，他一路上幾乎沒好好吃一頓飯，光顧著趕路，累了隨便什麼荒郊野嶺照睡不誤，這才瘦了一圈。

如今回到熟悉的地方，食物也都是習慣的，胃口就有些開了。

滿月應下，回頭又對方何喊了兩碗豆腐腦，順帶一屜白菜豬肉包子。

這些東西在店內吃不算多，可要帶走就有些難辦了，方何隔著圍牆唉嘆了兩句，但還是認命上街買飯去了。

沒花太久時間，滿月其實是帶了卷宗過來的，他每日要看的東西那樣多，零散的時間都得用上才行，這才看了半本不到，方何就把東西都帶回來了。

他把食物全擺在桌上，一句話不敢多說又一溜煙跑沒影了，也不知是不是去打擾住另一側的兩位同僚，還是跑去填自己的肚子。

全是些得趁熱吃的食物，滿月並不急著與黑兒談心，他把卷宗一捲，放回自己懷裡，敞開肚子開始吃。

黑兒也不客氣，咕嘟咕嘟率先就吞了一碗豆腐腦。

秋天的蕈子都極鮮美，馬面城外頭的山可以採到許多不同種類的蕈子，蘑菇尤其多，所以秋風起後豆腐腦的攤子就開始賣蘑菇雞丁澆頭，淋上地胡椒炸出來的辣油，鹹辣鮮美不一而足，黑兒一次都會喝上兩碗。

桌上東西不少，可兩個大男人食量也不小，風捲殘雲用不了多久，桌上的食物就見底了，確實如滿月所說的，恰好吃了個半飽。

見黑兒臉色好了些，滿月才打開酒壺，濃郁的酒香瞬間飄散開來，光聞著就有種薰人欲醉的

感覺。

「這是我從饕餮居的酒窖裡挖出來的，也不知道是哪來的酒，入口醇厚帶些甘甜，吞嚥時舌根會有些微辛辣，後勁極強，咱們別喝太多。」說著，滿月將酒倒入茶杯裡，一人一杯慢慢喝。

黑兒拿起杯子嗅了嗅酒香，然後才啜了一小口，不敢貿然灌進肚子裡，他心緒不穩是不假，但還沒到要藉酒澆愁的地步。

滿月也啜了一口，瞇著眼很享受似地在嘴裡轉了轉酒液，才一點點吞下肚子。

秋風很涼爽，搭配著美酒竟令人有種神清氣爽的瀟灑之感。

「說吧，怎麼回事？」也差不多該進入正題了，滿月首先開口詢問，他知道黑兒口拙，便不為難他了。

「翠兒……染翠猜到我有事瞞著他。」黑兒半垂眼廉，回想起那天的事情。

染翠向來笑盈盈的臉上沒了笑容，彷彿手上拿的不是一根竹籤，而是一把削鐵如泥的寶劍，只要自己說錯一個字，就會照著他腦袋砍。

當時黑兒背心都是冷汗，閃避似地別開眼，他真沒想到自己會因為一頭羊，被染翠直接抓出了馬腳。

「黑兒，你為什麼騙我？」染翠淡淡地又問了一回。

但黑兒還是無言以對，他能說什麼？說其實當年將染翠撿回芎宜的人不是董書誠，而是他？或者是告訴染翠，當年他承諾過會平安回去，可最後卻……他是沒死，卻沒能回去。抑或是告訴染翠，他們本來不該再見面的，若不是因為鯤鵬社、若不是因為吳先生，他們此生原該毫無交集，這是他的選擇……

不不不，這些事一件都不能說，要真說出口，染翠怕不真的會抄起旁邊攤子上的菜刀往他身上招呼。

所以他就逃了。

「我沒想到他能猜著！」黑兒煩躁的一抹臉，看著滿月道：「他都忘了，他明明都忘了，甚至到現在都沒想起來……他這回去盧匯縣記起了很多年幼的事情，甚至連他娘的事情都想起了，兩歲差點淹死的事也記起了，但就是沒想起來我跟他在芎宜的過往，你說……他為什麼能猜到我有事瞞著他？」

滿月算是大開眼界，他與黑兒相交多年，還是開天闢地頭一回見他一口氣說這麼多話的，整個人毛躁得不行。他要真是頭狼，肯定會趴在地上刨地。

不過話說得多，卻毫無章法，即便滿月腦筋靈便，也聽不懂事情的始末，自然也無法給什麼有用的建議。

還是得一樁一件捋清楚了才行。

所以他安撫地拍了拍黑兒的肩膀，用不容質疑的口吻道：「你先別急，我問什麼你答什麼，明白嗎？」

黑兒被拍了幾下人有點茫，愣愣地點了點頭，像隻撒野到一半被捏住脆弱口鼻的狗子，有些無辜還有些傻。

「染翠是何時與你說起過去那些事的？」滿月在腦中捋了捋適才黑兒那通雜亂無章的話後，開口問道。

他與染翠也算老熟人了，儘管平時交集不多，對這笑吟吟的狡猾傢伙不能說知之甚詳，但也摸了八九分透徹。染翠為人八面玲瓏、四面討好，滑溜得連滿月都逮不著他的小尾巴。

不過，染翠也有個明顯的習性，就是避談過往。甚至都不能說「避談」，而是躲著自己的過

去，更精確點說，是躲著十五歲前的過去，彷彿在躲避什麼洪水猛獸一般。

十五歲，是董書誠的父親過去那年，他帶著染翠回到京城，接掌父親留下的生意。原本染翠都要考科舉了，就滿月查到的消息，染翠其實已經是童生，就等著那年的鄉試，卻突然入了董家門戶，身分變換後絕了科考的可能，童生的身分自然也沒能留下。

當然，後來滿月從黑兒及董書誠口裡得知了事情的始末，這才懂了為什麼染翠會那般不樂意回憶過往。

但同時他也很費解，想不明白當時董書誠怎麼就被黑兒給說服了，同意隱瞞染翠到底這個爛主意？這下好了，染翠要是個腦子不靈光的人也便罷，安安心心過日子從此井水不犯河水，天涯一方各自安好。

偏偏，染翠這人腦子活絡，精明得跟鬼似的，他能多久不察覺自己的記憶出了問題？更別說五年前遇上黑兒後，兩人那黏呼勁兒，能到如今記憶才鬆動，滿月都覺得稀奇了。

聽滿月問起，黑兒愣了片刻，思索了一會兒才回答：「快到達盧滙縣城的時候……」接著便把那天在馬車上，染翠說起韓子清的那件事從頭到尾交代了。

「你……說你氣恨小倌館，他還勸你別去拆了人家的店，要報仇他自己就能報仇了是嗎？」滿月確認，他瞅著黑兒提起小倌館的時候那按捺不住的咬牙切齒，心裡不解怎麼染翠會到這時候才察覺有問題？

「是。」黑兒點點頭，忍不住提前把韓子清、文素問跟靜園的往事先說給了滿月聽。

滿月挑眉，一言難盡地看著只顧著痛恨自己沒能早些遇見染翠，痛恨那吃人的地方，慶幸染翠總算全鬚全尾逃出生天的黑兒，用手揉了揉自己的太陽穴，他這會兒腦瓜仁一抽一抽地疼，這麼一看染翠能忍耐到中秋前才發難，已經非常給黑兒面子了。

公平來說，黑兒絕對不是個傻子，他可是能獨自帶兵拚殺並用陣型圍困敵軍大將的人，否則也不可能被關山盡提拔到參將這個位置。他腦子也許不到非常好，可卻頗靈敏，並非單靠勇猛殺敵走到今日的。

然而只要遇上了染翠的事情，他似乎就沒腦子了，傻得天怒人怨。滿月這個首當其衝者，恨不得出手賞他幾個腦蹦子，看能不能把人打清醒些。

黑兒已經開始說起染翠母親，多虧滿月打探到的消息，這才順藤摸瓜地找到了黃大娘，弄清楚了當年的幾件事情。

滿月任著黑兒說，他靜靜喝酒，直到黑兒終於喘了一口氣，停下講述時，終於把在盧雁縣發生的所有事都交代清楚了。

「那你這個月過得還挺刺激。」滿月拍了拍手，權當賞給說書先生的讚美。「你想過染翠回來後會怎麼處置你嗎？」這個問題就很扎心了。

黑兒抖了抖，猛地喝了一大口酒。

「你別說，讓我多緩幾天……染翠至少還要一個月才會回到馬面城，你看看有沒有什麼任務派我外出，拖不上三年五載，好歹讓我鑽個十天半個月的空子。」

可以說是非常慫，連臉都不要了。

「你知道染翠這人記仇吧？」滿月也不慣著他，挑明了問。

「我知道……」黑兒滿臉苦澀，不說遠的，就說近的吧！于恩華還在染翠身邊當筆呢。

滿月不多說什麼，給了黑兒一個盡在不言中的眼神。

黑兒心裡那個畏縮啊！就是被關山盡架上演武場揍了半年都沒讓他這麼畏縮過，他知道自己不該從染翠面前逃走，這除了讓事情更不可收拾之外，沒有絲毫益處。

可講道理，那當下被染翠一問，是個人都會想逃的。

「你還沒說，染翠是怎麼發覺我騙他了？又是怎麼察覺自己的記憶出了問題？」他抓耳撓腮，自忖沒有任何露馬腳的地方，都說蒼蠅不叮無縫的蛋，怎麼染翠這隻蒼蠅……呸！黑兒連忙將這個念頭甩出腦海，染翠怎麼會是蒼蠅？他要真是蒼蠅，全天下的蛋無論有縫無縫都要被叮光了。

「你氣小倌館，氣染翠他娘，甚至氣自己，可你卻偏偏沒問一件事。」滿月也不兜圈子了，他著實同情黑兒這般一根筋的人，卻遇上了染翠此等走一步算十步都不止的對象。

「什麼事？」

「你沒問他怎麼被董書誠收養的，沒問他流浪到何方，更沒問他吃了哪些苦……你竟然沒想過要問嗎？」滿月輕嗤一聲笑出來。

「為何要問……」黑兒愣了愣，腦子一時還沒轉過彎來，這些都是他知道的事情。他撿到染翠時，應當離靜園起火將近一年了，否則人不會瘦成一把骨頭，也走不到芎宜去。

那天他本來打算等雨停就離開，一顆雞蛋足夠令他安心，更多的忙他幫不上了。

可想是這麼想，雨停的時候天色已經很暗了，他只能在破廟睡了一晚，第二天清晨醒來時，聽到一個細弱卻如同風鼓般急促嘶啞的呼吸聲，就從昨天那個小乞丐窩著的地方傳來。

他一個心驚連忙過去看，就見瘦小的孩子並沒有動那顆雞蛋，手上的半個饅頭也沒吃，小臉紅得像燒了一團火，渾身都在冒虛汗，一看就是病得不輕的模樣。

他沒多想就伸手去碰了碰小傢伙的額頭，被掌下的高溫嚇了一跳，可他也沒有焦急把人帶走，而是拿出汗巾把竹筒裡剩下的水全倒上去擰乾後，擦了擦男孩的額頭。

不多久，男孩迷迷糊糊地醒過來，眼底瀰漫著淡淡的死氣，眼白是混濁的，但眼珠子仍帶著光彩。

「你想活嗎？」黑兒問。

他逃難時學到很多，不是每個人都想掙扎著活在世上。對有些人來說，死去是更輕鬆的選擇，他們沒有家也沒有家人，連身分都沒有，在這世上比浮萍還要飄移不定，太辛苦也太痛苦了。他們沒有選擇，只能隨波逐流，所以黑兒養成了習慣，見到病重或將死之人，總會問一句他們想不想活。

想，才救。

不想，他會等事後埋葬對方，稍做祭奠。

「救……救救……」

男孩太虛弱，連求救都說不全，可那眼中迸發出了希望的光彩，他想活著。

「好，我救你。」黑兒點頭承諾，這裡離芎宜已經很近了，芎宜是個富裕的鎮子，有醫術很好的大夫，很可能救得了小男孩。

將沒吃的煮雞蛋收好，將小男孩死死抓在手上的饅頭連同手一起攏好，黑兒抱起輕得像根羽毛的孩子，飛奔回芎宜鎮上。

黑兒記得的比染翠記得的更多，他那時順手一救，後來索性收養了染翠，只不過當時染翠還叫翠兒，一直到他參軍時都是，翠兒後來會有姓，還是為了參加童生試，隨便安了個看起來像姓又不像姓的字上去。

那時黑兒已經在西北，過著把腦袋別在褲腰帶上的日子。但他與染翠並未斷了聯繫，雖然很艱辛但仍用信件往來。一開始黑兒是找人替自己讀信寫信，後來得了滿月看中，被提拔後開始學讀書寫字，往後就靠自己坑坑巴巴的給染翠寫信了。

這點點滴滴他都收藏在心裡，分毫不敢淡忘，自然沒想過要向染翠問一句。

「黑兒，你可還記得，你不認識染翠啊……」滿月頭疼地嘆了一口氣，耐著性子解釋：「依照你和染翠那黏糊勁兒，聽到染翠受苦怎麼可能不問一聲？你肯定問的，說不定還會遷怒董書誠，可你沒有。」

言盡於此，黑兒也回過味來，他乾澀地接上話：「除非我早就知道他逃出來後，不但到了芎宜，還被某個不是董書誠的人給撿了，一起生活過不少時日……」

「對，而那個人，只可能是你。」滿月輕輕嘆了口氣，就是他也得敬佩染翠的城府。

「他原本不確定的，可偏偏你為了瞞他，否認自己知道芎宜甚至住過芎宜的事情，你認為他會怎麼想？」

「我要不是因為心虛，根本不會騙他……所以那個人，只能是我了……」黑兒嘶啞地回道，不由自主地顫抖了下。

「我懷疑，董書誠可能也有透過一些口風。」滿月沉吟道。

否則，就算染翠如何聰慧機敏，沒有點蛛絲馬跡也無從猜測起。

「你在盧匯縣時，有沒有人說過什麼你覺得奇怪的話？」

黑兒被問得一愣，但對於滿月的提問絲毫不敢敷衍，皺著眉細細思索，恨不得把自己的腦子挖出來仔仔細細翻找一通才罷休。

「你這麼一說，小李掌櫃倒是說了些奇怪的話……」黑兒如今一想，確實察覺小李掌櫃那番要自己別妨礙染翠交鴿友的話，哪哪兒都透著股不對勁。

先不說小李掌櫃的脾性，這種明顯會惹怒他的話語就不可能說出口，再說情情愛愛的事情，黑兒一個巴掌是拍不響的，得要染翠願意才行，可這些日子以來，染翠嘴上說著想交鴿友，卻光打雷不下雨，唯一去見的丘天禾還是未曾見面的表弟，後頭牽扯了蒲家當年的冤案，跟染翠的身世問題。

早在他離開盧匯縣前，染翠與丘天禾就沒可能了，且不論染翠有沒有意思睡了自己的表弟，丘天禾那頭恐怕就沒打算再見染翠，省得見了面尷尬。

所以交鴿友這件事，小李掌櫃該說道的人是染翠，不該是黑兒。

聽了黑兒所說，滿月揉著圓潤的下顎點點頭，讚許道：「看來你腦子活絡起來了，挺好……那你想過怎麼應付染翠了嗎？」

後頭這一句壓根是多問的，黑兒老大一個人，蔫得像地裡被揀掉的菜葉。

「就沒什麼事能先派我離開一陣子嗎？」黑兒黝黑的面皮肉眼可見的煞白，他心裡也明白這樣躲著不是辦法，可他又能如何？

「你當年為什麼要選擇隱瞞到底？」滿月終於忍不住問出口，多年來他總參不透這件事。

他還記得當年他們在地獄血海般的戰場上，即便滿身狼狽臉上都是血汙，軍糧短缺，冬日裡還沒足夠的衣料保暖，處境險惡到他們的人性都搖搖欲墜的地步。

可即便在如此逆境下，黑兒眼裡卻總是有著一抹不願屈服的光芒，必須活下去，不為了什麼就為了防住西北，不讓北蠻衝破最後這道防線，殺入大夏的國境中。

他們相識的第三年，滿月才從黑兒嘴裡聽到了「翠兒」這個名字，那時黑兒剛學會寫字不久，不急著學自己的名字，首先學會的就是「翠兒」這兩個字。

分明天天都處在命懸一線的戰況中，黑兒還堅持寄信回家鄉，本身就已經夠奇特了，更別說他還抽著空學會認字寫字，就為了自己寫信給「翠兒」，放眼滿月的人生，這也是他看過最奇葩的一個人了。

他想，黑兒肯定是愛慘了「翠兒」。可偏偏黑兒總說不是，在他嘴裡「翠兒」只是弟弟……見鬼了，他堂表兄弟、親兄弟兩雙手都數不過來，就沒哪個兄弟能任他如此掛念，這種寧願用自己的屍骨當城牆也要守護住的人，神他娘的只是個「弟弟」！

好不容易戰事終了，可以回家了，雖說因為出了意外黑兒終究沒能回去，但也不至於這樣瞞著吧？

可每每提起，黑兒就閉口不言，彷彿是鋸嘴葫蘆成了精，這回也不例外。

「你就說能不能派我離開一陣子。」黑兒一口悶了手裡剩下的半杯酒，焦慮地在庭院裡團團轉，也不知是不是酒勁上來了，他的心越發慌亂，無法控制地臆測染翠會怎麼收拾自己。

他會氣得不願意再見自己嗎？還是，會動用一些手段，惡整自己一番？又或者，終於下定決心找個知冷暖又不會欺騙他的良人，從此把黑兒這個人徹底撇除呢？

鐵塔般的身子猛地抖了抖，黑兒半點沒留力氣地往自己太陽穴敲了兩下，滿月見了連忙出手阻止，扯得黑兒一個趄趔。

「行了行了，也用不著這般折騰。」滿月覺得自己真是倒了八輩子楣才會攤上這些糟心事。「你願意的話就聽我一句勸，別想要繼續躲著染翠了，還不如想著怎麼對他坦誠。」

「不能。」黑兒想都沒想就拒絕了，他看著滿月不以為然的表情，深深吸口氣勉強自己平靜下來，又說了一次：「真不能。」

「為何？」

滿月想，要不他照著黑兒的腦門打兩掌吧？看能不能把人打醒，或將人打暈了也成。

「你以為我為何要隱瞞著染翠？難道我是吃飽太閒撐著無聊嗎？」黑兒粗喘著雙目赤紅，像頭被逼到絕境的猛獸。

滿月在心裡回：若非如此，整這麼大一齣戲又是為了什麼？不就是吃飽撐著嗎？

「你心裡偷偷罵我，我沒瞎我看得出來。」黑兒沒好氣地對好友翻了個白眼。

滿月聳聳肩，他就是要黑兒看出來。

「這是不得已的，我是為了保住翠兒的命。」黑兒抹抹臉，長吁了一口氣，為了讓滿月幫自己，想來只得照實說了：「當年我找著董書誠後，他告訴我……」

碰碰碰！

急促的敲門聲打斷了黑兒的話，他與滿月詫異地對視一眼，立刻又是一陣敲門聲。

「黑參將！請問黑參將在嗎？」這次還加上了叫喊聲。

竟然是找黑兒的？一種不好的預感在黑兒心裡蔓延開來，他竟躊躇了沒立即上前應門。

滿月就沒他的進退兩難，大方地上前打開大門，外頭是張眼熟的臉，此人以前在馬面城鯤鵬分社當夥計，後來被分配去海松樓當了跑堂。

「滿副將大人。」這夥計是認得滿月的，立刻鬆了一口氣：「黑參將在嗎？小的手上有封信，要給黑參將的。」

「誰寄來的？」滿月刻意問了聲。

信既然走的是鯤鵬社的路子，眼下也只可能是一個人寄來的。

「是大掌櫃。」夥計爽快地回應了，並從懷中拿出信筒，「這信剛寄到不久，是加急的，信使還交代必須交到黑參將手上，不可轉交他人。」

「也是你們大掌櫃的口信？」滿月笑嘻嘻地回頭瞟了還不敢靠上前的黑兒一眼。

「是。」夥計點點頭，藉著滿月轉頭的當口也一併往屋內張望，直接瞧見面無表情的黑兒，不禁大喜：「黑參將！您老在啊！這封信……」夥計揚了揚手上的信筒，他倒是想進屋子去，可

滿月攔在門邊，總不能硬闖吧？

知道自己躲不了了，黑兒挪動沉重得像灌了鉛的雙腿，卻像走在夢境裡一般暈暈浮浮，來到大門前。

滿月倒很貼心，讓出了位置，笑吟吟地瞅著他接過信筒。

「這信，什麼時候到的？」末了還不忘多問一句。

「三天前就到了。」終於把信交出去，夥計也放下了心頭的大石頭，臉上的笑更真誠了。

「三天前就到了？怎麼沒見你們派人送過來？」滿月當然猜到為什麼，可他就是故意要問給黑兒聽。

一拿到信筒，黑兒整個人就更沉默了，臉色陰鬱如水，看起來有種山雨欲來的狠戾，可細看就會發現，他的眼神壓根就渙散了，全然是個惶惶不知所措的小可憐，手上的信筒像會咬人似的，沒看他只用兩根手指捏著嗎？

真是丟南疆軍的臉。

「這是因為大掌櫃交代，必須把信直接交到黑參將手上，所以蕭掌櫃特別派人盯著城門。這不，一個多時辰前黑參將進城了，蕭掌櫃說讓黑參將修整修整，所以現在才把信送過來。」

可說是非常貼心了。

「蕭掌櫃就是細緻。」滿月讚了一句，而黑兒則微微抖了抖。

「對了對了！小的險些忘了，大掌櫃還有一個口信要給黑參將，就是……呃……黑參將，這句話是大掌櫃說的，他交代要一個字不差地說給您聽，不是小的存心冒犯啊。」夥計搓了搓手，神色有些不安，顯見那句話肯定好聽不到哪裡去。

「你說。」黑兒木愣愣道。

夥計清了清喉嚨，為免自己說不全，還從懷裡掏出一張字條，仔細看了看後開口：「黑兒，我話放在這裡，信你立即拆開了看，要是我回去沒見到你，信不信我過前年就請你吃喜餅。」

「也沒特別……」滿月剛開口，就見夥計對自己露出一抹歉意的微笑，連忙閉上嘴。

夥計深深吸了一口氣，接著中氣十足地喝了聲：「渾蛋！」

可謂驚天動地、振聾發聵，滿月聽見左邊連著兩間宅子的門都打開了，傳來同僚熟悉的聲音，窸窸窣窣不知道說了些啥，好像還有個人笑出聲。

「就這樣了。」夥計收起字條，忙不迭對黑兒拱手，「大人，您老別同小的計較，我就是個傳話的。」可以說撇得非常乾淨了。

要不怎麼總說，鯤鵬社調教出來的人，個個都是人精。這些話固然是染翠交代要說的，可最後那聲渾蛋指定是夥計刻意替自家大掌櫃長面子，給黑兒一個下馬威的。

夥計之所以有這麼大膽子，那也是因為深知大掌櫃與黑兒交情不一般。

黑兒還能說什麼，他渾然沒有戰場上那種拚殺的狠戾與血性，整個人像隻犯錯後還落水的狗子，只差沒夾著尾巴咽咽噎噎了。

「勞煩你跑這一趟，這點小心意你拿去喝茶吧。」滿月一直是個有義氣的朋友，見黑兒整個人茫茫然，魂都不知道飄到哪個旮拉去了，便做主給了夥計一點辛苦錢，把人送走。

「哪裡，多謝大人。」夥計喜孜孜地收下辛苦錢，轉身離開了。

「滿月，怎麼回事？」等著看熱鬧的某個同僚拉直嗓子問。

「去去去！這麼閒就去演武場鍛鍊鍛鍊，大將軍缺靶子呢！」滿月支稜出腦袋，看向左側幾個探頭探腦的人，沒好氣地趕人。

幾個人也不是真要打探黑兒的隱私，嘻嘻哈哈說了幾句渾話後都各自關門回家了。

滿月也關上大門，交抱雙臂瞅著失魂落魄又惶惶不安的黑兒道：「那麼，你打算怎麼辦？」

既然信是三天前寄到的，代表黑兒前腳剛跑，染翠後腳就把信寄出來了，可以說黑兒從頭到尾沒翻出過染翠的手掌心。

「我不知道……」黑兒拿著信筒，黝黑面皮都泛白了，足見他嚇成什麼德性。

「就看唄。」滿月一攤手，他倒是有辦法和染翠鬥智鬥勇，但著實沒必要。

是啊，除了看，還能怎麼辦？難道把信扔了嗎？

黑兒沒辦法，只得拆開了信筒，倒出裡頭的信來。映入眼簾的是一手漂亮的簪花小楷，不是阿蒙的字跡，但看著也不像于恩華的手筆。雖說于恩華的字比阿蒙的多了一些飄逸，頗有點文人風骨，可畢竟年紀小，心思還不定，整個人毛毛躁躁的，導致有些字收尾得短促急躁。

可眼前的字不僅秀逸不凡，風骨更是凜然，筆劃鉤捺處外圓內方，看似圓潤實則張揚，若說字如其人，那首先浮現在黑兒腦中的便是染翠的臉龐。

但是……染翠分明一手狗爬字啊！黑兒只覺得自己渾身都是冷汗，他不斷換手拿信紙閱讀，另一隻手就在衣襬上抹去掌心的汗水，明明只是讀個信，卻有種左支右絀的忙亂。

這封信並不長，甚至可以說很短，大抵寫著：我回馬面城就要見你，當年的事情你想想怎麼對我交代，我也會去問義父怎麼回事。要是再欺騙我，這回絕對不饒你。

沒說怎麼不饒，可黑兒也沒傻到去挑釁染翠，更是急得滿頭大汗。

滿月見他可憐，上前拍了拍他的肩：「這樣吧，到染翠回來應當還有至少一個月，你該吃吃、該睡睡，左右你這會兒還掛著假，也不用去點卯，就當你剩一個月能活了，好好過日子。」

什麼叫殺人誅心，滿月就是箇中好手。

黑兒瞪著這損友，半天沒回話。

「左右你也沒別的辦法了，不是嗎？」滿月最後丟下這句話，自覺已經盡了朋友的道義，爽快道：「這壺酒你留著，要是喝了喜歡，我那兒還有兩罈，可以都送你。別跟兄弟客氣。」

「滾你的！」黑兒還是被逼得爆了粗口，酒他是留下來，不過滿月被他扔出大門，碰一聲關門的聲音，彷彿把整條街都震了兩震。

染翠原本只是想詐一詐黑兒，畢竟黑兒除了沒問過他如何被義父收養外，並沒有露出什麼其他的馬腳。

所以，染翠也想過是不是自己多心了？水晶膾和湖羊都只是他靈光一閃脫口而出的，卻不想還真詐出了黑兒，人更直接落荒而逃。

回鯤鵬社沒見到黑兒，他就料到人應當是回馬面城了。

染翠心裡自然大為不快，他倒是沒多介意黑兒的欺瞞，畢竟不論當年他們在芎宜是何情誼，他都失去了與黑兒有關的記憶，雖不知致使自己遺忘的原因是什麼，可黑兒顯然知道自己忘了他，那即便後來重逢，但凡不是個傻子都不會貿然上前相認的。

可黑兒的不告而別，卻紮紮實實戳中了他的肺管子。

也不知道黑兒究竟是怎麼看待自己，不過是一句話罷了，竟然能把這個沙場上有能力單騎殺出重圍，直取敵將首級，戰功彪炳的猛將給嚇得逃跑，染翠覺得自己也是挺驃悍的。

當然，這也側面印證了，黑兒對自己有愧。

可惜，染翠就是再聰明，也不可能在失憶的狀況下猜出更多東西了。他略一思索，叫于恩華

替自己磨墨，親手寫了一封信。

「主子，原來你的字……這麼好看嗎？」

于恩華瞪大了眼，全然不敢相信自己見到的。他記得染翠一手狗爬字的，所以才喜歡在卷宗上蓋印章，平日裡所有書信往來都是阿蒙或他代筆。

這這這……

小少年控制不住用手揉了揉眼睛，指頭上的墨點在眼皮上暈開，像被誰打了一眼窩。

「寫字廢手。」染翠懶懶地回道，這封給黑兒的信並不長，但寫得聲色俱厲，若不是于恩華就站在旁邊，眼睜睜見著染翠臉上淺淡慵散的笑靨如花，都要以為染翠是動了真怒。

染翠當然寫得一手好字，只是這件事除了他自己和義父外，沒有人知道……眼下又多了一個于恩華。

「你可別往外說啊，否則……」染翠對于恩華挑眉，眼神戲謔又似乎隱藏了一些狠辣，把小少年嚇得一哆嗦，頭點得都快扭著頸子了。

雖然不知道「否則」會如何，但于恩華可不打算以身試法，他還想五年契滿後回家繼續當小少爺，順道加入鯤鵬社，美美地找一個心儀的男子，相伴終生呢！

說雖然不會往外說，但好奇還是好奇的。

于恩華沒能忍多久，還是按捺不住問了：「主子呀，你怎麼會寫這麼好看的字？」

還別說，比起于恩華以前的老師那可好看多了。怪不得夫子說過，字寫得好會幫文章增色不少，他現在就覺得染翠這封罵人的信，雖然用字簡單可情意感人啊！一看就是篇好文章。

「我義父盯得緊，小時候沒能找到好筆替我寫字，只得自己練了。」說起來都是辛酸血淚，過去想起和義父間的點點滴滴，染翠都不免有些懷念，可如今黑兒一跑，再想起這些過往來，他心裡都不禁懷疑到底有多少是真的。

「喔……」于恩華懵懂地點點頭，但也不敢繼續問了。

「來，換你寫了。」染翠放下筆，招呼著于恩華坐下，有好筆不用那不是傻嗎？

于恩華乖乖地坐下來，拿起筆蘸飽了墨後舔了舔筆，鋪開一張信紙。

「主子，我準備好啦。」

如往常那般，染翠念著要書寫的內容，于恩華乖乖一字一字的謄進信紙裡，按照阿蒙所教的，別去深思信的內容，就當自己真只是一枝筆就行。

這封寫給董書誠的信可比染翠親手寫了罵黑兒那封信，要長得太多了，整整寫滿了三張紙，于恩華手都痠了。

最後晾乾墨跡後，分別封入信筒中，染翠叫來了兩個鯤鵬社的信使。

「這封送去京城，交給董先生。」染翠先把左手的信筒遞出去，上面的蠟封很普通，想來也不用特別加急，照一般時間送達便行。

「必須直接交到董公子手上，不能被老闆給攔下，明白嗎？」

這裡的老闆指的自然是關成毅。

信使慎重地點點頭，接過信筒，率先離開了。

「這封信送去馬面城，交給黑參將。」染翠遞出第二個信筒，這回的蠟封就是紅豔豔的了，代表加急送抵。

「還有我的口信……小百善，我念你寫。」

「欸……」于恩華還在捏手呢，聽見命令人都有些蔫了，但還是乖乖拿起筆鋪好紙。

「黑兒，我話放在這裡，信你立即拆開了看，要是我回去沒見到你，信不信我過前年就請你

吃喜餅。渾蛋！」染翠一口氣念完，于恩華險些跟不上，短短兩行字寫完，手都要廢了。

「主子，要是黑參將真的不見你，你要立刻找人結契嗎？」這回只算是字條，于恩華沒忍住問了。

這會不會太兒戲啦？

「我沒說是誰的喜餅。」染翠狡黠一笑，拿過信吹乾墨痕後，將多餘的信紙裁掉，摺好了交給信使，「黑兒不見得什麼時候到馬面城，你把信交給蕭掌櫃，讓他安排人把信送到黑兒手上，務必要直接交到他手上。」

「小的明白。」

「另外，給了信後，把這些一字不漏念給他聽，一定要在光天化日下大聲念。」染翠指了指最後那張字條交代。

信使點點頭，細緻地將東西收好，轉身匆匆離開。

于恩華聽了染翠對信使的交代，在一旁吐吐舌頭，拍了拍自己的胸口。

染翠這招可真陰損，竟似完全不打算給黑兒留臉面了。也不知道黑兒究竟怎麼惹惱了染翠，這會兒有沒有後悔呢？

這個疑問的解答，于恩華自然不得而知，更不知道半個多月後黑兒確實後悔了。

處理完事情，染翠就把糟心事全拋到腦後，中秋要到了，他可不想被影響了過節的心情。

時間在選布做衣裳、折花燈、做月餅中飛也似的過去。

中秋當天，鯤鵬社難得放了假，身為大掌櫃染翠帶著所有手下去踏青郊遊，中午在盧滙縣城最大的酒樓裡設宴，可謂賓主盡歡。

吃完了飯，夥計、管事跟護院們紛紛告辭，都得回家和家人們過節了，染翠睡了個午覺後起身，便開始整理折好的花燈。

他整整折了五十來個，阿蒙特意找了兩個提籃，整整齊齊將花燈擺好放進去，笑著問染翠：「主子今年怎麼折了這麼多花燈？」

「盧匯多河道，不多放幾盞花燈多可惜？而且我想許的願多著，一朵花燈要盛載太多心願，豈不是飄不動嗎？再說了這也算給神明的賄賂吧？既然神明喜歡，那多給點也好打通關竅啊。」染翠揮開扇子遮擋住得意的淺笑，一雙狐狸眼彎彎的。

「還是主子想得細緻。」阿蒙深以為然。

「但五十個心願也太多了……」于恩華在一旁咕噥，被阿蒙踹了一腳。

「唉……我就隨口說說嘛……」

「不會說話就別說話。」阿蒙沒好氣地斥道：「晚上不分你花燈了啊！」

「別別別！我亂說話的！阿蒙姐姐饒我了！」

于恩華當即表現了一把少年人的身姿能有多柔軟。

染翠在一旁看得津津有味，可心裡又不免有些失落——黑兒怎麼就不在呢？

他支著柔軟的臉頰，歪著頭看向窗外，想著自己分一半心願給黑兒是不是太大方了？

夜裡的花燈放得染翠心滿意足，盧匯縣城內大大小小的水道都被花燈點亮，整座城彷彿被蛛網般的光芒籠罩其中，到處都是燦亮亮、暖融融的，染翠興致很好，帶著阿蒙、于恩華及大小李在城中順著河道走月，直走到銀月西斜才戀戀不捨的回去。

他一直都挺喜歡過中秋的，也不知為什麼。

休息了兩日後，染翠啟程返回馬面城。

這一路走得慢悠悠的，染翠不急著回到馬面城，秋高氣爽正是郊遊的好時機，在馬車上做

《鯤鵬誌》也是駕輕就熟了，索性一路玩回去。

原本不到兩個月的路程，硬生生走了兩個半月才終於回到馬面城，時序都進入了秋末冬初。不過馬面城入冬晚，染翠瞧見鄰近的小楓山山頭依然紅豔豔的，楓葉連綿成片。

「趕明兒去賞個楓吧？」他在心裡盤算。黑兒不知道緩過神沒有，中秋他沒陪著自己過，賞楓可一定要拉著他作陪才行。

「主子，你今晚要去爬牆嗎？」阿蒙含著笑問。

「倒也不是不行……」染翠被扶下車，看了眼時辰，離宵禁的時刻還遠著呢！「還是算了，等等我換件衣服，帶上要給黑參將的禮物，就去拜訪吧。」

偶爾也該走走大門。

「知道啦。」阿蒙摀著嘴竊笑，大掌櫃這是想念黑參將了。

「別胡思亂想，妳一個姑娘家家的，矜持些。」染翠一眼看穿阿蒙腦子裡想些什麼，臉上有點發熱，嘴上倒是很義正詞嚴。

阿蒙吐吐舌尖，聳了聳肩，反正想沒想念大掌櫃自己知曉，也不是她不想就沒有這件事。

主僕三人迅速地收拾好行囊，帶上了要送給黑兒及方何的禮物，染翠還特意換上了前陣子剛做的新衣裳，是件湖綠色的百蝶穿花圖樣的袍子，外頭罩著一層紗衣。

因為帶了禮物，不適合徒步過去，便坐上了牛車慢悠悠的晃過去，半途染翠還突然叫車夫轉往海松樓，買了幾樣點心。

來到黑兒宅子外時，日光已經偏斜，不知為什麼方何站在門外，似乎透著半掩的大門往內偷看什麼。

「方何？」阿蒙跳下車，細聲喚道。

方何猛地抽了下龐大的身軀，轉過頭發現是阿蒙等人後，先是鬆了一口氣，接著臉色倏地慘白了，擠出一抹看了就尷尬的笑容。

「染、染大掌櫃……好久、好久沒見，您哪時候回來馬面城的？」

「裡頭是誰？」染翠與方何太熟，壓根不接他的招呼。

「這……呃……這……」方何為人鶩直，這一下完全回答不上來，被大鬍子遮擋的臉皮青青白白，可謂精采萬狀。

「黑兒和誰在裡面？」染翠當下臉色一沉，他才離開黑兒沒多久，難道就有人惦記上他看中的金鵬了！

「不是，您冷靜點聽我解釋……」方何伸手要攔，可他忘了染翠身邊有自己最心愛的女人，而阿蒙對染翠最忠心不過。

「阿蒙，推門。」染翠挽著雙臂，氣勢如虹地低喝。

「知道了。」阿蒙領命，直接越過方何，男人空長了一張能嚇哭小孩的臉，以及肌肉虬結的高大身軀，卻攔不住一個嬌嬌軟軟的小姑娘，甚至怕自己碰傷了對方，還縮了縮手。

門碰一聲被推開，方何見無力可回天後直接退到後頭，大有「這事與我無關，我就是個看戲的」，撇清意味極濃。

門裡有兩個人，其中一個高大黝黑，自然是屋子的主人之一黑兒，另一個身材瘦了黑兒一圈，膚色是健康的麥子色，雖沒有黑兒那麼強壯，卻精實得像隻小豹子，至於臉長什麼樣子，染翠沒瞧見。

因為，此人正把臉埋在黑兒懷裡，兩人狀甚親密地摟在一起。

染翠只覺得腦子裡嗡的一聲，腳步趄趔了下，一旁的于恩華眼明手快地把人扶住。

巨大的開門聲自然也引起了黑兒的注意，他皺著眉循聲看去，似乎心情很差的模樣。在見到阿蒙後，他先是一愣，接著看到了染翠，當下臉色大變。

「黑兒？」他懷裡的男子似乎也察覺不對勁，疑惑地喚了聲。下一瞬，他就被黑兒狠狠地推開來，險些一屁股摔在地上。

「黑兒？」男子訝異又受傷地看著黑兒，上前兩步伸手想拉他，自然又被揮開。他低下頭，咬了咬嘴唇，眼眶隱約泛紅。

「染翠，我能解釋的！」黑兒哪還有閒工夫關心旁人，他眼裡只有染翠了，臉色這會兒嚇得蒼白。

「好，你說。」染翠依然挽著手臂，似笑非笑地睨了眼察覺黑兒眼中全然沒有自己，臉色陰沉的男子。

「要是沒說到讓我開心，下個月你就等著吃我送的喜餅。」

今日，已經月二十八。

（未完待續）

【作者後記】

開始進入失憶梗的狗血橋段，灑得好看也是種挑戰

各位！我們又見面了！

大家想我嗎？總算沒有讓大家等太久，就把第二集生出來見人了！希望第一集大家看得還開心。

謝謝大家的支持，希望接下來的故事也能讓你們喜歡。

如果說第一集是在鋪墊故事，第二集就是把很多線索中的細節攤開來了，既然第一集最後提到染翠可能有記憶缺失，第二集自然就要圍繞這個主題展開。

我之前跟朋友說，我真的超級喜歡狗血橋段，什麼替身梗啦、失憶梗啦、討人厭的前任或小三啦、相愛相殺啦、互相喜歡卻沒自覺等等，想到就覺得好香啊！

所以，我的故事也很容易出現狗血情節，畢竟太有愛了。

作者後記

但我也擔心會不會因為太過狗血，所以反而讓讀者覺得老套或不有趣呢？

聽到我這麼說的朋友語重心長地說：「妳想太多了，不好看的才叫做老套或老梗，好看的就不是了。所以，妳只要寫得好看就行，寫吧。」

我竟無法反駁。

重點還是把故事寫得好看，才能對得起各位的喜歡啊！

話說，這次雖然沒有像第一集那樣重寫N次，但其實我在寫到三分之一時又把故事整個推掉重寫，感覺我就是三心二意、反覆不定的人。

編輯在二月份跟我見面的時候，對我說：「我希望你這次別再一直重寫啦！務必要準時交稿啊！」

當時我信心滿滿地說：「沒問題！第二集耶！我已經想好要寫什麼了，妳

放心吧哈哈哈哈，我一定準時交稿！」

殊不知，話講得太滿就會被打臉，我的臉都是被自己打腫的。

但是，我也必須要負責任的說，第二集的劇情我個人是非常滿意的，終於來到了我最擅長的走向，就是兩人之間的感情推拉，跟每個人各自的人生境遇。

我跟編輯一起錄的 Podcast 節目中提過（在這裡推薦大家去聽聽看吧！直接上出版社粉絲團就有連結唷！我的聲音可真棒啊！超會聊的 ww），《人生何處無鯤鵬》這個故事要講的其實是人如何在有限的選擇中，去順應身邊的環境，過好自己的日子。

雖然現在有些心靈雞湯很愛說人生是自己選擇的，我們可以這樣選也可以那樣選等等，但實際上「選擇權」本身就是個很難獲得的幸運。

不過話說回來，這種主題一個沒寫好就很像說教，這也是為何我之前寫了三分之一又刪掉重來的原因啦！

很謝謝拿起這本書的你，希望這個故事能讓你有美好的一天或

作者後記

幾天。

接下來的第三集應該可以在今年內完稿出版，請大家期待我這顆熱愛狗血橋段的蛋白，如何灑狗血吧！

黑蛋白

二〇二二年春

【特別收錄】

作者獨家訪談第二彈，暢談角色花絮

Q9：接下來想來談一下書中的配角們，其實也很想看滿月的故事啊！雖然在《飛鴿》的正文番外裡已經有交代滿月的感情線了，但感覺精采的是在番外結束之後啊（笑）！而這一集也有很多新登場的角色，請問老師最喜歡哪些角色？能介紹一下這些角色，有沒有讓你寫來也感到十分滿意的地方？

A9：我目前應該不會特別去寫滿月的故事了，一個是因為我對他跟蘇揚之間的故事沒有一個很明確的想法，再來就是這兩個人剛巧也是我不擅長處理的角色。但是當然，角色不擅長處理其實無所謂，他們算是我熟悉的人物了，主要還是卡在我對他們的故事沒有想法。另外就是，很多朋友跟我反應，非常不喜歡蘇揚，這就比較麻煩了，我感覺我沒辦法把蘇揚寫成一個討人喜歡的角色，因為他就真的是一個討厭鬼。

所以，還是保持在讓他們偶爾出現在別人的故事中露臉，講一下他們的生活就好了。

《鯤鵬》故事裡出現的角色，我目前最喜歡的，扣除主角之外，其實是染翠的母親。第二集的時候這位母親的角色雖然沒露臉，只出現在回憶裡，但我寫她寫得非常暢快！怎麼說呢，我還記得特別在我的噗浪上發了一個噗，表示我心目中完美的大魔王角色出現了。這不是說染翠的母親是個壞人，但她絕對是塑造出如今的染翠一個很重要的角色。

Q10：創作過程中有沒有發生什麼有趣或難忘的事情？除了一直重寫外，還有沒有遇到什麼困難？

A10：難忘的事情還真的不少，比如說我總是在前期整理不出大綱，後面就要拚命趕稿之類的，另外就是我對染翠與黑兒的性格，老實說一直到第二集才終於掌握到百分之百了，可是呢！黑兒是個很沉默的人，他的內心也很壓抑，導致我在寫故事的過程中，但凡把視角切換到黑兒身上時，就覺得很無措。

我知道他的性格，但這種性格的人真的很悶，簡單說就是沒啥戲劇效果。我還記得自己一開始是打算以黑兒的視角寫這個故事，結果調整調整著，我發現真的沒辦法，這完全是給自己找麻煩啊！

所以後來，我還是去寫可愛的染翠了。

Q11：不知你覺得《飛鴿》的關山盡和吳幸子，以及《鯤鵬》的黑兒和染翠這兩對夫夫，哪一對比較好寫？有沒有偏好的角色？有沒有安排哪個角色講情話比較困難？有沒有哪個談情說愛的名場面是讓您自己寫來也很滿意的？

A11：我想，從我之前的幾個回應大家應該就發現了，關山盡跟吳幸子這對對我來說好寫太多了！首先，我本來就很喜歡霸道型的攻，就是，我本身，是個，狂熱的喜歡霸總的人。我喜歡相對上性格溫和柔軟的受，乍看之下像是被攻所掌控把握，實際上潤物細無聲的成為關係裡真正的主導方。

染翠跟黑兒很明顯就不是這樣，無論明面或私底下，染翠都是絕對的主掌者，他們的關係全部掌握在染翠手中，導致我有點難發揮黑兒。

要我說，我沒有特別喜歡或特別不喜歡的角色，應該說所有的角色我都很愛！包括顏文心那樣的反派，都是我費盡心力去描繪出來的，感情很深很深。

我本來覺得比較害羞講情話的角色應該是黑兒，可是這傢伙其實說而不自覺，他不會說那種很油膩的或者很漂亮的情話，但他的每一句話都是關懷，有點嘮叨，但我覺得這種情話也很溫馨。

《鯤鵬》第二集裡有一個他們中秋節一起在桂花樹下說話的那一段，我自己非常喜歡。這邊我就不暴雷，不知道看完第二集，大家是不是也跟我一樣喜歡這一段？

Q12：最後來談談第二集新登場的角色丘天禾吧！雖然很明顯他的出場是為了鋪陳染翠的身世，但角色形象鮮明，為了繼父一家任勞任怨，長大後又成為鰥夫獨自照顧一雙兒女，但對待孩子很有耐心及愛心，身為讀者也很希望他能重新覓得良緣。書中沒特別提到，但很好奇，丘天禾是怎麼發現自己的性向？有沒有什麼不為人知的裡設計？您覺得他是個怎樣的人？

A12： 說起丘天禾，本來應該有一小段講到他的感情問題，但因為劇情安排的關係，第二集暫時就沒有說清楚，應該會在第三集的時候稍微提到，把他的故事線走完。

他之所以一直沒有跟任何會員看對眼，跟染翠之間也是只想當朋友，其實是因為他心有所屬，還在想辦法努力靠近對方，只是還需要一點時間。

關於他發現自己性向這個，其實跟很多人青春期對異性開始有不同感覺的狀況很像。他因為之前很忙碌，所以並沒有特別想過婚嫁問題，也一直沒對哪個姑娘有感覺，後來是某個特殊的情境與時間點，天時地利人和，他看到了某個男人的肉體（怎麼有點色色的）！突然有種開竅的感覺，才察覺自己對男性的感覺比對女性的感覺要強烈，書裡有講到他本來以為自己是生病了，很怕被別人發現，這也是他決定離開家鄉去外面打拚的契機之一。

說起來也好笑，我本來想把丘天禾設定成一個外表純良、內心奸邪的壞人，他娶妻子是為了藉由妻子娘家是縣令家生子這層關係，更好的接觸主家的核心，獲得更深的信賴，妻子甚至是被他故意害死的。

可是寫著寫著，我覺得他在我心中的形象有改變，與其寫一個理所當然的壞人，不如去寫一個努力過好自己日子的普通人。畢竟這也是我在《鯤鵬》這本書裡主要想塑造的氛圍。於是，他成為了現在這個模樣。

他有自己的小計謀，也是個聰明人，但他並沒有壞心，只是努力要經營好自己的生活。娶了妻子後，雖然心裡總感覺不對勁，但也希望可以和妻子一輩子攜手到老的，只是意外跟明天誰都不知道哪個會先到，所以當他失去妻子後，他決定面對自己心裡的那個不對勁之處。

（未完待續）

i小說 034

人生何處無鯤鵬2

國家圖書館出版品預行編目（CIP）資料

人生何處無鯤鵬 / 黑蛋白著 ; . -- 初版. -- 臺北市 : 愛呦文創有限公司, 2022.06
冊 ; 公分. --（i小說 ; 34）
ISBN 978-986-06917-7-1（第2冊 : 平裝）. --

863.57 111005020

愛呦文創

作者	黑蛋白
封面繪圖	凜舞REKU
責任編輯	高章敏
版權主編	茉莉茶
文字校對	劉綺文
行銷企劃	羅婷婷
發行人	高章敏
出版	愛呦文創有限公司
地址	10691台北市忠孝東路四段59號10-2樓
電話	（886）2-25287229
郵電信箱	iyao.service@gmail.com
愛呦粉絲團	https://www.facebook.com/iyao.book
總經銷	聯合發行股份有限公司
電話	（886）2-29178022
地址	231新北市新店區寶橋路235巷6弄6號2樓
美術設計	廖婉禎
內頁排版	陳佩君
印刷	沐春行銷創意有限公司
初版一刷	2022年6月
定價	340元
ISBN	978-986-06917-7-1

愛呦文創